의 이해

LA POÉSIE

ALAIN VAILLANT

LA POÉSIE

Initiation aux méthodes d'analyse des textes poétiques

© Éditions Nathan 1992

This edition was published by arrangement
with Éditions Nathan, Paris
through Shinwon Literary Agency, Seoul

차 례

서 론

다섯번째 별은 참 신기했다. 그것은
모든 별들 중 가장 작은 별이었다. 거기에는
한 개의 가로등과 한 명의 가로등불 켜는 사람이
서 있을 공간밖에 없었다. 어느 한구석,
집도 없고 사람도 없는 이 별에
가로등과 가로등불 켜는 사람이 무슨 쓸모가 있는지
어린 왕자는 이해할 수 없었다.
(앙투안 드 생 텍쥐페리, 《어린 왕자》, 1943)

오늘날의 문화 속에 시가 처한 상황은 역설적이다. 시에 대한
연구서들, 시인 혹은 여류 시인이라 자처하는 사람들, 시집들, 심
지어 비공식적으로 유포되는 시집들까지 넘쳐나고 있지만, 정작
시의 이미지는 대대적인 기념 행사가 주기적으로 붐을 일으키는
몇몇 대시인들의 시의 이미지로 환원될 때를 제외하곤 그 다양
한 형태와 문체로 인해 혼란을 겪고 있는 것 같다. 그렇다고 해
서 이 불확실한 사실을 근거로 시 장르의 쇠퇴라는 섣부른 결론
을 내리거나, 같은 이유로 작시법과 같은 전통 기법의 실종을 규
탄하거나 혹은 단순히 현대 작품들의 난해함을 비난하고, 급기
야는 그 반대 급부로 플레야드파에서 초현실주의까지 과거에 생
산된 모든 시들을 한데 묶어 시의 황금 시대라는 신화를 만들어

내는 것은 온당치 못한 일이다.

명성과 소외

옛날에는 왕과 궁정 그리고 귀족의 살롱들이 다른 인기 있는 예술 분야와 마찬가지로 시를 장려하고 보수를 지급하며 후원하였던 것이 사실이다. 그렇다고 해서 시가 적은 수의 이 엘리트 집단 이외의 사람들에게도 받아들여지고 그 가치를 인정받았던 것은 아니었다. 일반 대중이나 서적 시장의 관점에서 볼 때, 시는 여전히 금전적으로도 문화적으로도 비주류였다. 시인은 작품을 완성한 노고에 대한 존경의 염, 그 무용성에 대한 동정심, 그리고 영예를 요구하는 데 대한 격분 등의 감정이 한데 엉켜 자신을 둘러싸고 있음을 쉽게 알아차렸다. 17세기에 이미 말레르브는 "좋은 시인은 좋은 구주희 선수와 마찬가지로 국가에 쓸모가 없다"는 점을 인정하였다.

문학의 사회역사적 관점에서 볼 때 두 개의 짧은 시대가 예외적인데, 라마르틴의 《명상 시집》과 몇몇 초기 낭만주의 시집들이 성공을 거두었던 1820년대와, 시인들과 잡지·출판사의 대거 등장으로 특징지어지는 1940년대의 '독일 점령 시대' 그리고 뒤이은 '해방 시대'가 그것이다. 어떤 사람들은 이 두번째 번영기가 현재와 시기적으로 가깝다는 점을 들어 오늘날의 시의 쇠퇴를 지적하기도 하는데, 이는 가까운 역사를 다룰 때 으레 생겨나는 근시안적 발상이다. 게다가 왕정복고 시대와 독일 점령 시대는 시의 발전에 유리한 상황들을 제공하였다. 외국 문학의 경우를 잠깐만 살펴보아도 알 수 있는 일인데, 시를 위해서는 불행히도 민주주의보다는 독재와 검열이 훨씬 풍부한 부식토가 된다. 언론과 시는 서로 엇갈린 운명을 갖게 되는 것 같다.

그러나 오늘날 우리가 시에 대해 우려하고 있는 데에는 두 가지의 진짜 이유가 있다. 첫번째는 지적·예술적 창조에 있어서 날로 증가하고 있는 문화 매개체, 다시 말해 대중매체의 힘과 관련이 있다. 즉 사회의 커뮤니케이션 체계를 지배하고 있는 일반적 법칙들에 따르지 않는다면, 그 어떤 것도 소통 가능하지 않을 뿐더러 소통되지도 않는다. 이러한 생각은 이제 진부해졌으며, 너무나 상투적인 말이어서 더 이상 아무도 이에 대해 그 타당성을 논의하지 않으며, 때로는 그 중요성을 잊어버리기까지 한다. 따라서 시가 주변으로 밀려났느냐 아니냐를 따지는 것이 문제가 아니라, 본질상 주변적인 시적 활동이 케케묵은 옛 형태와는 다른 형태로 오늘날 계속해서 이해될 수 있을 것이냐 하는 것이 문제이다.

두번째 이유는 교육체제와 관련이 있다. 프랑스 교육체제, 특히 중등 교육에 있어서 언어 학습은 반(反)종교개혁과 예수회 학교의 설립 이래 두 가지 지식에 기반을 두고 있었다. 그 첫번째가 논증법이고, 두번째는 모호하지만 수사학이란 이름으로 뭉뚱그릴 수 있는 시적 기법이다. 교육받은 프랑스인은 어느 정도 시에 대해 지식이 있는데, 이는 소시적에 시인들에 대해 배웠고, 또 직접 시를 지어 본 경험도 있기 때문이다. 반면에 소설은 가끔 교과 과정에서 벗어나 머리를 식히기 위해 읽는 기분 전환용이었다. 그런데 이러한 학교 풍경은 금세기를 지나오면서 상당 부분 변화되었다. 현재에는 학교 교육 과정에서 소설이 훨씬 더 큰 비중을 차지하고 있고, 많은 고등학생의 머릿속에는 소설이 문학 자체와 동일시되어 있을 정도이다. 교육자들이 산문의 우세를 미리 예상하여 그렇게 한 것은 아니었지만, 최소한 산문 문학의 지배를 인정한 것으로 보인다.

이는 별로 중요한 일이 아닐지도 모른다. 그러나 학교의 사회적 역할 중에는 몇몇 소수 작가들에게 고전의 위상을 부여하며 문학 자료군을 발전시켜 가는 기능이 있다. 이렇게 해서 '누보로망' 작가들 이후로 미셸 투르니에 · 조르주 페렉 · 르 클레지오 같은 소설가의 작품들이 학교 교육에 편입되었다. 반면 시에 대해서는 이러한 작업이 전혀 이루어지지 않았다. 물론 천차만별의 형태로 생산되는 오늘날의 시에 대해 어떤 서열을 매긴다는 것이 불합리하고 불가능한 것은 사실이다. 그러나 보편적인 인간 사고에 반하는 이러한 분류의 부재는, 시 장르의 존속에 대해 염려하지 않을 수 없게 만들고 있다. 이대로 간다면 시는 문학의 테두리를 벗어나 단순히 개인적인 글쓰기 체험으로 변질되지는 않을까?

장르의 모호성

이와 같은 의문에 답하는 것이 이 책의 목적이나 필자의 의도는 아니다. 그러나 시에 대한 우리의 지식 전체를 제시하기 전에, 시 장르의 현재와 그 변천을 특징짓는 불확실성의 정도를 가늠해 보는 것이 불가피해 보였다. 왜냐하면 역사적 존재 방식처럼 보이는 이러한 유의 '현존/부재'는, 그 궁극적인 목적이 불분명할 뿐만 아니라 그 외형이나 구조가 정해져 있지 않은 장르의 본질까지 드러내 주기 때문이다. 시는 존재한다. 그러나 정작 사람들은 무엇이 · 왜 · 어떻게 존재하는지 잘 모른다. 서로 상충되지만 모두 사실로 간주될 수 있는 다음의 세 가지 진술이 이와 같은 상황을 잘 보여 준다.

1. —시는 비교적 쉽게 만들어진다. 소설같이 긴 텍스트에 꼭 필요한 배치 작업을 할 필요도 없고, 복잡하고 일관성 있는 허구 세계를 만들어 내야 할 필요도 없다는 점에서 시는 소설보다 기술상의 난점을 덜 갖고 있다고 할 수 있다. 따라서 시에서는 아마추어리즘도 훨씬 더 너그럽게 용서된다. 예비 작가들은 소설에 도전하기 전에 먼저 시를 시도해 보게 된다.

—시는 최고의 문학 형태이다. 줄줄이 써내려가는 이야기의 편리성을 금하고, 언어의 완벽한 구사를 전제로 한다. 즉 시는 진정한 예술가들의 전유물이다.

2. —시는 언어를 가지고 정성들여 만든 장인의 산물이다. 시를 완성하기 위해서는 정확하고 구체적이며 기술 가능한 기법들이 필요하다.

—시는 언어 활동의 가장 신비스러운 부분에서 피어난다. 말로 표현할 수 없는 것을 암시하는 것이 시의 주요 임무이므로 시를 만드는 규칙을 명확히 제시하는 것은 그만큼 어렵다.

3. —시는 길고긴 전통의 산물이며, 수 세기에 걸쳐 주제·기법·이미지들이 그 전통 속에 침전되어 왔다. 따라서 시인은 무엇보다 우선 학자이다.

—시는 일반인이 쓰는 통속적인 언어와는 거리를 두고 있기 때문에, 순수하고 자연 발생적인 감정들을 표현해 내는 데 기여한다. 초등학교의 자유로운 글쓰기 연습 시간에는 시를 통해 초등학생들의 전(前)논리적 사고가 표출되기도 하고, 청소년들은 기존 시의 부자연스러운 일관성과 쓸데없는 작시법적 일치들을 거부하기도 한다. 즉 시는 무엇보다 자신감과 개성이 표출되는 곳

이다.

이상의 명제들은 어설프고 대략적이긴 하지만 나름대로 다 사실이다. 따라서 특히 시에 대한 초보 지식이나 단순한 호기심이 문제가 될 때에는 이러한 어려운 문제들을 피해 가는 것이 나을지도 모르겠다. 즉 시의 통일성이나 영속성에 대해 논하기보다는 보들레르나 랭보와 함께 시 장르에 대한 이야기를 시작하는 것이다. 그렇게 되면 그 이전의 모든 것들을 희미한 선사로 돌리거나, 마치 지금까지는 시건 시가 아니건간에 운문이라는 이유 하나로 시인이 될 수밖에 없었던 양 모든 작가들이 발목잡혀 있던 예속의 역사로 치부해야만 한다. 이러한 사실들이 말해지지는 않았지만 시에 대한 많은 유익한 담론들의 암묵적인 배경을 구성하게 된다. 시 장르의 역동적인 단일성과 그 수많은 현신들의 이질성을 화해시키는 것이 바로 이 책의 첫번째 목적이다.

두번째 목적도 위에서 언급된 방법론상의 취약함에서 연유한다. 최근 표준 작시법 교본을 가득 메우고 있는 규범들이나, 언어를 대상으로 한 여러 가지 명목의 최신 학문들이 구축해 놓은 개념들을 제쳐 놓고 보면 모호한 점이 상당하다. 시적 리듬이란 무엇인가? 음악성이란 개념은 어떤 것들을 포함하는가? 시를 해석한다는 것은 무엇이며, 시를 읽는다는 것은 또 무엇인가? 이제 논쟁의 여지가 있는 것들에 대해 지나친 확신은 하지 않도록 조심하면서, 논쟁의 용어들을 명확히 상정하는 데 주력하고, 가능한 경우 개인적이고 잠정적이며 적용 가능한 결론을 제시해 보도록 하겠다.

왜냐하면 이 소책자를 가장 먼저 이용하게 될 사람들이 학생들이며, 그들이 이 책으로부터 얻고자 하는 것은 시에 대한 탄탄한 기초와 명확한 정의, 요컨대 학부 과정 수업을 위해 쉽게 동원할 수 있는 기본 지식임을 잘 알고 있기 때문이다. 시와 관련한 여러 복합적인 사실들을 존중하고 싶은 마음과, 즉각적 효과를 내는 안내서를 만들고자 하는 의도 사이에서 흡족한 타협책을 찾기란 쉽지 않았다. 그래서 여기서는 이론과 실제에 관한 담론들을 병치시키기로 했다. 필요한 경우 참고 문헌에 제시된 자료들을 참고하면서 각자 자신의 기호나 취향, 시간 여유를 고려하여 이 책을 활용하기 바란다.

이처럼 적절성과 효율성 사이에서 주저하게 되는 것은 시 특유의 모호성에서 기인한다. 모든 예술과 마찬가지로 시는 그 자체로 존재함과 동시에 그것을 향유하는 독자를 매개로 존재한다. 따라서 '시란 무엇인가'를 묻는 것은 시가 어떻게 구조화되고(혹은 어떻게 만들어졌고), 어떻게 읽어야 하는지를 연구하는 일과 마찬가지이다. 이 두 관점이 완벽하게 포개지지는 않는다 할지라도, 최소한 부분적으로는 두번째 관점이 첫번째 관점의 연장선상에 있는 것만은 사실이다. 이런 이유에서 다음과 같이 논의를 진행하고자 한다. 우선 제1장에서는 시를 정의할 수 있는 여러 요소들을 살펴보고, 제2장에서는 그리스-라틴적 기원을 포함하여 프랑스 시의 역사를 간략하게 살펴볼 것이다. 그런 다음 시를 구성하는 주요 요소들(혹은 다른 관점에서 말하자면, 시를 설명하는 데 필수적인 성분들)로서 제3장에서 리듬, 제4장에서 음색, 제5장에서 이미지, 제6장에서 언술 작용 등을 검토해 보고, 마지막으로 제7장에서는 '의미'에 대해서 간단히 언급해 보기로 하겠다. '의미'는 앞의 분석들이 논리적으로 수렴되는 지점으로서,

아주 다양하게 이해되어야 한다. 즉 하나의 시는 어떤 의미들을 산출해 내는가? 어떻게 그 의미 작용들을 드러내 주는가? 시적 활동의 의미 ——방향·지향점——는 무엇인가(혹시 비의미는 아닐까)? 마지막으로 아주 중요한 이야기인데, 싫든좋든 항상 의미 찾기로 귀착되는 해설과 시적 현상이 어떤 점에서 양립할 수 있는가? 보다 많은 주석을 낳게 하는 시가 가장 좋은 시라고 단정 지을 만한 근거는 어디에도 없다. 독자의 입장에서 보면, 좋은 독자란 말없이 자신의 행복을 음미하는 사람일 수도 있다. 그러나 이것은 또 다른 문제이다. 문과 학생들의 문제도 아니며, 문과 교수들만의 문제도 아니다.

1

시에 관한 정의들

시라는 낱말은 그리스어 poiein(제작하다·생산하다)에서 유래하였다. 이러한 어원에 의거하여 "시인은 단순한 기교자나 몽상가가 아니라 실재하는 미의 창조자이다" 같은 몇 가지 과도한 해설들이 있긴 하지만, 그것만으로는 무언가 미진한 듯 시에 대한 정확한 정의내리기가 계속 시도되고 있다. 이러한 과업은 특히 약 1세기 전, 작시법의 적용이 더 이상 필수 사항이 아니게 된 때부터 더욱 시급해진 것 같다. 물론 시가 곧 작시법이라고 생각되었던 적은 없었다. 다만 작시법은 남녀를 구별하는 것과 같은 것이었다. 즉 해부학적 차이가 모든 것을 설명해 주는 것은 아니지만, 그것이 하나의 편리하고도 거의 절대적인 준거점이 되는 것과 마찬가지이다. 따라서 오랫동안 시의 본질에 대한 물음을 던져 왔지만, 그것은 마치 우리가 학교에서 내준 어떤 과제를 풀 때처럼 별 고민 없는 물음이었다. 왜냐하면 우리 모두가 시구라는 수단을 통해, 시와 산문을 가르는 경계선을 직관적이고도 거의 즉각적으로 인지하고 있었기 때문이다. 그러다가 작시법의 규칙이 점차 파괴되고, 이윽고 그것이 사라지게 되자 시의 구조적 일관성이 다시금 문제가 되고, 시라는 예술 장르의 문화적 정체성이 재검토되는 위험에 봉착하였다.

이에 장르와 문체를 정의하려는 시도가 급증하였다. 이러한 시도는 종종 시인들을 통해 이루어졌고, 시인들 자신이 개인적으로 어떤 문학 운동에 개입해 있는 경우가 많았다. 따라서 성명서나 강령이 많이 발표되었는데, 그 성격이 워낙 논쟁의 여지가 많아 어휘의 변화와 당시의 이데올로기적 관건의 막대한 영향 속에 숨겨진 심오한 영속성은 간과된 채, 과격한 반대와 단절만이 난무하는 결과를 초래하였다. 그렇지만 서양 문학의 원천인 그리스-로마 시대 문학에서부터, 단지 하나의 정의에 근거해서가 아니라 시를 정의할 수 있는 여러 보충적 요소들을 중심으로 어떤 이론적 합의가 성립되어 있는 것 같아 보인다. 그러므로 모든 미학적 논쟁은, 문학사 전체를 통틀어 시 창작에 있어서 이들 요소들 각각에 부여된 중요성의 변화에 의해, 혹은 그 각각의 요소들이 도출해 낸 구체적인 결과에 의해 설명될 수 있을 것이다.

1. 그리스의 유산

두 개의 시조 신화

뒤 벨레는 《망향》(1558)에서 우수에 가득 찬 목소리로 뮤즈의 여신들을 부르고 있다.

> 갈색의 어둠이 깔린 저녁,
> 외딴 강가 초록빛 양탄자 위로 뮤즈들을 인도하여
> 달빛 아래 춤을 추었지
> 그때 그들이 내게 선사했던

그 달콤한 기쁨들은 지금 어디에 있는가.

Où sont ces doux plaisirs qu'au soir, sous la nuit brune,

Les Muses me donnaient, alors qu'en liberté,

Dessus le vert tapis d'un rivage écarté,

Je les menais danser aux rayons de la lune.

뮤즈의 여신들은 시의 의인화된 대체물로 기능하는, 약간 석연치 않은 이 무희들이 되기 이전에는 그리스 신화에서 확고하고 높은 지위를 차지하고 있었다.

이들은 모든 신들의 조상인 우라노스(하늘)와 가이아(땅)의 손녀이자 므네모시네와 제우스의 딸들로서, 일찌감치 신의 계보에 등장하고 있다. 제우스의 딸이자 사촌인 이들은 올림포스의 주신들과 비교해 볼 때 매우 높은 서열을 차지하고 있다. 그 이유는 우주가 힘과 물질인 동시에 질서와 조화이기도 하기 때문이다. 즉 신화는 실재 세계와 음악, 자연과 인공 사이의 동질관계를 형상화하고 있다. 그들의 어머니 므네모시네는 회상을 통해 사고에 의미와 일관성을 부여하는 정신 능력, 즉 기억을 관장하는 여신이다. 여기서 과거의 저장소가 아니라 지성의 능동적 요소인 추억에서 음악이 탄생한다는 점을 상기해 보자. 이때 음악은 일반적으로 아홉 뮤즈들의 능력을 지칭한다. 중요한 순서대로 보자면, 서사시(칼리오페)·역사(클리오)·팬터마임(폴림니아)·플루트(에우테르페)·춤(테르프시코레)·서정시(에라토)·비극(멜포메네)·희극(탈리아)·천문학(우라니아)이 있다. 서사시에 최고의 지위가 부여된 것은 말·음표·제스처·별과 관련된 이 모든 예술들이 박자와 숫자를 공통점으로 지니고 있기 때문이다. 보다시 피 여기서부터 시 이론의 가장 모호한 구성 성분인 실재(혹은 지시체)와 숫자의 문제가 제기되고 있다.

이야기는 여기서 그치지 않는다. 칼리오페(혹은 폴림니아)에게는 오르페우스라는 아들이 하나 있었다. 키타라의 발명가이고 음악가이자 시인인 오르페는 동물·식물·광물을 자신의 뜻에 복종시키는 능력을 지니고 있었다. '아르고호의 선인들'[1]의 일원으로서 세이렌들을 피해 가도록 노래로 동료들을 인도했고, 그 결과 아르고의 선인들은 익사를 면할 수 있었다. 또한 오르페우스는 자신의 아내 에우리디케를 찾아 지하 세계까지 내려갔지만, 지상에 도착하기 전에는 돌아보면 안 된다는 금지 사항을 어김으로써 아내를 다시 잃고 만다. 치유할 수 없는 비탄에 빠진 오르페우스는 어떤 여자도 거들떠보지 않게 되었고, 이에 앙심을 품은 여자들에 의해 죽임을 당하였다. 오르페우스는 자신의 자질 가운데 세 가지를 시인에게 주었다. 마술의 힘, 내밀한 감정들(특히 사랑)을 느끼고 표현할 수 있는 능력, 그리고 저주받은 고독을.

아리스토텔레스의 규범

플라톤이 《국가론》에서 시인을 이상적인 국가에서 추방한 반면, 아리스토텔레스는 4세기부터 문학의 규범을 만든 인물이다. 그의 교리서는 논리학·수사학·시학의 전분야를 다루고 있고, 직·간접적으로 서양의 문화 전체에 영향을 주었다. 시학 분야에 있어 기본이 되고 있는 연구서는 《시학》인데, 불충분한 점도 있고 어쩌면 미완성일지도 모르는 이 책은, 크게 세 가지 장르──서사시·비극·희극──를 다루고 있다.

아리스토텔레스는 모방의 원칙에서 출발한다. 즉 "서사시·비극·희극·주신을 찬양하는 서정시, 그리고 대부분의 플루트 연주와 키타라 연주, 이 모두는 일반적으로 볼 때 모방에 속한다." (1447a)

이렇게 고대에는 **변증법**(논의를 통해 참에 이르는 기술)과 **수사학**(정연한 추론에 의해 설득하는 기술), 그리고 **시학**(모방의 기술)을 명확히 구분하였다. 현대에 와서도 이러한 전통은 유지되고 있는데, 간혹 웅변가가 자신의 이해에 부응하는 최대한의 효과를 얻기 위해 사용하는 설득적 수사학과, 미화를 주목적으로 하는 문학적 수사학을 구분하지 못하는 경우가 있다.

이론적으로 말하자면, 아리스토텔레스는 모방에 기초하지 않는 운문 작품을 시라고 부르지 않는다. "사실 의학이나 물리학에 관계된 주제를 운문으로 표현하는 사람들까지도 시인이라고 불리곤 한다. 하지만 호메로스와 엠페도클레스〔자연철학자〕사이에는 아무런 공통점이 없다. 따라서 한쪽은 시인, 다른 쪽은 시인보다는 자연주의자라고 부르는 편이 온당할 것이다." (1447b)

그러나 아리스토텔레스의 시학 개념이 우리가 가지고 있는 문학 개념들을 다 포괄하고 있는 것은 아니다. 그의 시학에는 시구(le vers)의 개념이 다루어지지 않았기 때문이다. 아리스토텔레스 자신도 아쉬워하고 있듯이 언어적 모방을 지칭하는 종속명이 존재하지 않는다. "순수하게 언어 활동만으로 모방하는 예술, 즉 산문 혹은 시구, 혼합 시구들, 그리고 단일 시구들 등에 대해서는 이를 통칭할 명칭이 아직까지는 없다." (1447a-b)

그러므로 이때 시는 인간의 두 가지 자연스런 성향인 모방과 리듬의 결합으로 볼 수 있다. "멜로디와 리듬(왜냐하면 운율 구성은 리듬의 한 부분일 뿐임이 분명하기 때문이다)과 마찬가지로 모방은 우리가 가진 자연스런 본능이므로, 원칙적으로 이 부분에 재능을 가지고 있는 사람들은 점차 발전을 하게 되고, 그들이 즉흥적으로 만들어 낸 것으로부터 시가 태어난다."(1447b)

조형 예술(회화와 조각)을 제외하면, 모방의 테크닉만큼이나 언어와 리듬, 그리고 멜로디간에는 여러 가지 가능한 조합이 있다.

—리듬 단독: 춤

—언어 활동 단독: 모방적 산문

—리듬＋멜로디: 음악

—리듬＋언어 활동: 낭독된 시

—리듬＋언어 활동＋멜로디: 노래된 시

2. 말과 사물

미메시스

이제부터는 모방이라는 어휘보다는 그에 해당하는 그리스어 미메시스라는 어휘를 사용하는 것이 좋겠다. 20세기의 사람들에게는 두 가지 이질적인 의미가 모방이라는 단어 속에 접목되어 있기 때문이다. 하나는 그대로 따라 한다는 의미로, 창조성의 반대말로 인식된다. 즉 자신의 작품을 만들어 낼 수 없는 사람은 모방을 한다. 다른 하나는 무한한 상상력을 동원하는 공상과 반대되는 뜻으로, 사실주의의 낡은 동의어로 인식된다.

미메시스는 추론과 비교하여 설명된다. 추론은 모든 언어 활동 행위와 마찬가지로 선조적(한 단어는 앞단어와 동시에 발음되지 않는다)이며, 일련의 추리와 예와 증거들을 제시한 끝에 독자나 청자로 하여금 결론에 동의하도록 이끈다. 몇몇 중간 단계를 뛰어넘어도 별 상관이 없다. 반면 시적 미메시스는 회화적 미메시스와 마찬가지로, 현실을 예술적으로 재현하는 것을 목적으로 한다. 그러나 화가와 달리 시인은 캔버스라는 공간에 단번에 인지될 수 있는 선과 색채를 사용할 수가 없다. 시인에게는 단어들이 읽혀지자마자 기억 속에서 사라지지 않는다는 조건하에서 독서 시간이 필요하다. 시적 미메시스는 언어 고유의 선조성과 완벽히 실현할 수 없으면서도 끊임없이 지향하는 예술적 영속성 사이에 만들어진 특별한 긴장 상태에 의해 식별된다. 구체적으로 말하자면, 바로 이 '긴장'의 이름으로 시해설가들은 모든 단어들이 동시에 독자의 의식 속에 제시된다고 가정하고 시를 분석하는 권리를 스스로에게 부여하게 되는 것이다.

게다가 미메시스란 추상적 개념이나 집합적 명칭이 아니라, 구체적이고 특이한 하나의 사물이다. 직업상 시인은 언어 활동의 보편화 능력을 믿지 않는다. 시적 언어는 사물을 모방하고, 그 사물을 감지할 수 있는 현실의 질서에서 언어 활동의 질서로 옮겨 놓는다. 최소한 이를 소망한다. 여기에 시를 정의하기 위한 첫번째 요소가 있다. 시는 말과 사물 사이에 특권적인 관계를 성립시킨다. 즉 자신만의 고유 수단을 가지고 시는 의사소통의 묵계적·임의적 체계인 언어 활동을 재활성시킨다. 결국 시와 산문의 관계는 정지된 영상인 사진과 영화의 관계에 비유될 수 있다. "이것이 바로 시의 역할이다. 시는 있는 힘을 다해 벗겨낸다. 시는 무감각을 흔들어 깨우는 빛을 비춰, 우리 주위에서 우리의 감각이 기계적으로 받아들였던 의외의 사물들을 적나라하게 드러낸다."
(장 콕토, 《직업적 비밀》, 1926)

그러나 미메시스는 명명이나 기술(記述)에 국한되지 않는다. 오히려 사물을 지칭하지 않고도 그 사물과 동일한 느낌을 창출해 내는 시를 생각해 볼 수 있다. 말라르메는 '전환'이라는 이름으로 이러한 기법을 이론화하였다. "그 자체로 충만한 천연의 기념물, 바다, 사람의 얼굴은 어떠한 서술, 이른바 환기·암시·연상이 은폐할 수 없는 아주 매력적인 미덕을 가지고 있다. (……) 말은 사물의 실체와 단지 상업적인 관계밖에 맺을 수가 없지만, 문학에서는 사물들에 대해 암시를 하거나, 어떤 욕망이 혼합할 사물들의 자질을 떼어내는 데 만족한다. (……) 이러한 목표를 나는 전환이라고 부른다."(《한 주제에 대한 변주》, 1895)

구체적인 사물과 그것이 시인에게 남긴 인상간의 관계를 명확히 하지 않는 것은, 현대 시의 해설을 어렵게 하는 주요 요인들 중의 하나가 되고 있다. "어떤 시인이 당신에게 난해해 보인다면, 잘 살펴보되 너무 멀리까지 살펴보지는 말라. 육체와 사고의 경이적인 만남, 언어 활동을 부활시키는 그 만남은 모호하다."(알랭)

고전주의 이론

물론 시대에 따라 이러한 말과 사물간의 관계는 매우 상이한 양상을 보였다. 고전주의 시대(17-18세기)에는 아름답고 교훈적인 자연의 모방물을 만드는 것이 시인의 임무였다. 마르몽텔은 《프랑스 시학》(1763)에서 낭만주의 시대까지 모든 시작(詩作)의 확고부동한 기본으로 간주되었던 이 원칙을 상기시키고 있다. "시란 균형잡힌 문체로 때로는 충실하게 때로는 아름답게, 자연이 (우리의) 심신에 상상력과 감정을 시인 마음대로 영향을 끼칠 수 있는 것을 모방해 놓은 것이라고 생각한다."

모방은 정확해야 하며, 자연에서 취한 자신의 모델에 충실해야 한다. 독자가 시(詩) 언어를 의식하지 못한 채 그 시 언어가 그리고 있는 현실을 관조할 수 있다면, 그 글쓰기는 성공한 것이다. 사물을 보게 하는 이러한 능력은 '회화적인 것'이라는 분명한 이름을 가지고 있다. (《리트레 사전》에 의하면, 이것은 "성격이 분명하고 정확한 그림을 만드는 데 기여하는 모든 것"이다.) 반면에 정확성이 떨어지거나 지나치게 서술이 많은 것은 흠이 되었다. "품격 있는 문체와 자연스런 문체는 양립하기가 쉽지 않다. 시적 언어를 특징짓는 자질들을 지나치게 내세우면 너무 과장되게 된다. 그러나 미적 관점에서 볼 때, 장식의 부재는 비난받아 마땅하지만 너무 지나친 것도 비난의 대상이 된다. 호라티우스가 말하듯이, 시인의 재능은 그러한 장식의 정도를 알맞게 지키는 데 있다."(키슈라, 《라틴어 작시법 개론》, 1826)

사실 시인은 하나의 미학적 대상을 창출하기 때문에 자연을 미화시킬 권리가 있고, 때때로 그가 모방하고 있는 자연이 별로 아름답지 못할 때에는 그러한 미화가 시인의 의무가 되기도 한다. 예를 들어 시인은 일상적인 어휘 대신 고상하고 희귀한 언어, 즉 은유적인 언어를 쓸 것이다. 그렇다고 해서 이렇게 덧붙여진 아름다움이 재현의 정확성을 해쳐서는 안 된다.

투시력

고전주의 시대의 예술은 독자에게 우리 모두가 보는 광경들을 똑같이 재생해 주었다. 19세기와 더불어, 인간의 감각으로는 지각할 수 없는 세상의 신비를 알려 줄 능력을 갖춘 선구자들의 시대가 시작되었다. 시는 실재를 인식하는 한 방식이 된 것이다.

랭보는 1871년 5월 13일 조르주 이장바르에게 보낸 그의 유명한 편지에서, 시인은 모든 현실의 정수를 붙잡기 위해서 어떠한 시련을 무릅쓰고서라도 견자가 되어야 한다고 말하고 있다. "투시력을 지녀야 한다. 자기 자신을 견자로 만들어야 한다. 시인은 오랫동안 폭넓고도 논리정연하게 모든 감각을 흐트러뜨림으로써 스스로를 견자로 만든다. 시인은 자신이 직접 온갖 형태의 사랑과 고통과 광기를 찾아다니며, 자신 안에서 모든 독을 소진시켜 그 독의 정수만을 지닌다. 이루 말할 수 없는 고통 속에서 시인은 신앙심과 초자연적인 힘에 도움을 청하게 된다. 무엇보다도 그 고통은 시인을 중환자로 만들고, 죄인으로 만들고, 저주받은 자가 되게 하는데——또한 최고의 학자!——왜냐하면 시인은 미지의 것에 도달하게 되기 때문이다."

감각의 착란 이외에도 이 편지는 시의 중대한 변화를 암시하고 있다. 즉 이제부터는 시의 목적이 미학(아름다움의 과학)의 차원에 속하지 않고, 발견의 차원(진리의 탐구)에 속하게 된다.

그리고 이러한 진리는 항상 기본적이고, 원초적이며, 본질적이다. 가스통 바슐라르에 따르면, 시적 상상력은 우주의 질료적 힘, 즉 물·불·공기·흙의 힘에 그 원천을 두고 있다.

"우리의 상상력은 상이한 두 축을 따라 전개된다. 어떤 상상력들은 새로운 것 앞에서 비약적인 발전을 한다. 그 상상력들은 회화적인 것, 다채로움, 예기치 못한 사건 (……) 등을 즐긴다. 다른 축의 상상력들은 존재의 심층을 파고 들어간다. 그것들은 존재와 원초적인 것, 영원한 것을 발견하길 소망한다."(《물과 꿈》, 1942)

'사물의 편' (프랑시스 퐁쥬)

이제 시 탐구는 언어의 예술이 되기보다는 세상을 인식하는 방식이 되길 원하며, 날카로운 시선으로 생각과 감각의 소모를 반대하며 사물의 편을 들게 된다. 실재 앞에서의 단어의 소멸 또한 초현실주의의 성과물 가운데 하나였다. 폴 엘뤼아르는 1939년에 이렇게 기술하고 있다. "나는 단어들을 만드는 것이 아니라 사물과 존재, 그리고 사건들을 만든다. 나의 감각은 그것들을 인지할 수 있다."(《보게 하기》, 1939)

그렇지만 이러한 창조는 단어들을 필요로 한다. 다시 말해서 20세기의 시적 존재론은 하나의 미학을 함축하고 있다. 이와 관련된 두 개의 진술을 살펴보면서, 시 속에서 말과 사물을 이어 주는 내밀한(내밀하지만 여전히 몽환적인——이 점을 꼭 말해야 하는 것일까?) 관계에 대한 우리의 고찰을 마치기로 하자.

"구체화시켜라! 이를 명심하라. 추상적인 것은 좋지 않고 따분하다. 사물과 대상 그리고 사람들이 문제가 되는 구체적인 문체를 가져라. '천사를 만든 이가 짐승도 만든다'라고 파스칼이 말한 바, 그는 성령과 함께 물의 가슴에서 나온다. 물은 질료이다. 다시 한 번 강조하건대, 구체화시켜라!"(막스 자코브, 《어느 젊은 시인에게 보내는 충고》, 1945)

"세계로 하여금 인간이 거의 말을 잃어버리고, 도저히 알아들을 수 없는 말들을 만들어 낼 정도로 인간의 정신을 지배케 하는 시, 그러한 시에 희망이 있다. 그러한 시는 스스로 시라고 자처하지 않는다. 그 시는 새로운 고통 속에 빠진 몇몇 미치광이들의 광적인 끄적거림 속에 존재한다."(프랑시스 퐁주, 《대시집》, 1961)

3. '무엇보다도 먼저 음악적이어야 한다' (베를렌)

시적 음악의 도그마

시인의 말에 따르면, 원시 시대 사람들은 세상을 향해 눈을 뜨면서 그 아름다움을 찬양하기 위해 자연 발생적으로 노래하기 시작했다. "원시 시대 인간이 갓 태어난 세상에서 눈을 뜰 때, 그와 함께 시도 눈을 뜬다. 눈부시도록 경이로운 세상 앞에서 그의 첫성은 노래였다. (······) 감정이 분출되고, 마치 숨쉬듯이 그는 노래한다."(빅토르 위고, 《크롬웰》 서문, 1827)

이러한 시의 신화적 기원은 고대 시대부터 이론적 담론에서 으레 등장하는 이야기이다. 문학적 운문 이전에 원초적인 노래가 있었다고 가정한다면, 시와 음악간의 관련성이 사전에 정당화될 수 있다. 시를 정의하는 두번째 요소인 음악성은, 애초부터 '시는 음악이다'라는 정식을 성립하게끔 하는 것 같다. 시학에 대한 초기 저술자 가운데 한 사람인 외스타슈 데샹은 1392년에 이미 다음과 같이 단언하고 있다.

"즉 우리는 두 개의 음악을 가지고 있다. 하나는 인공적인 음악이고, 다른 하나는 **자연적인** 음악이다.

인공적 음악은 기교로 인해 인공적이라 불린다. 왜냐하면 여섯 개의 음정으로 (……) 노래하는 법을 배울 수 있기 때문이다. 아무리 거친 사람일지라도…….

또 다른 음악은 그 누구에게서도 배울 수 없다는 점에서 자연적 음악이라 불리는데, 운율 있는 말을 쏟아내는 입의 음악이라 할 수 있다."(《낭독 기법》)

이렇게 보면 노래나 악기의 연주는 인공적인 음악이고, 시가 진정한 음악이라는 야릇한 반전이 생기게 될 것이다. 굳이 이렇게까지 파격적인 이론을 펼치지 않더라도, 시인이면 누구나 시의 음악성에 대한 강한 신념을 표출해 왔고, 그것을 증명하기 위해 음악적 테크닉을 시 텍스트에 적용해 보기도 하였다. 각 음절들이 가지고 있는 길이를 추정하고, 그것을 2분음표·4분음표·8분음표로 환산하여 시에 리듬감을 주기도 하였다. 음성학적인 측면에서는, 특히 음소의 높이에 유의하여 멜로디 법칙을 적용시켜 보기도 하였다. 여기저기서 폴리포니·유포니·하모니 등의 말을 서슴없이 꺼냈다. 이러한 상투적 이야기들을 서슴없이 받아들였던 스테판 말라르메도 같은 전통에 속하는 시인이다. "시를 읽으면 하나의 암묵적인 연주가 우리의 정신에 바쳐져 우리의 정신은 아주 작은 소리 하나에도 의미 작용을 하게 된다. 심포니를 자극하는 모든 정신적인 도구는 점점 줄어들어 아예 없어질 것이다 ──이것이 다 사유 때문이다. 시는 관념에 가깝고, 탁월한 음악이다."(《책에 관하여》, 1895)

글자 그대로 해석한다면 이러한 견해는 전혀 받아들일 수 없는 것들이다. 음성 차원의 측면에서 볼 때, 말은 음악에 비해 훨

썬 더 이질적이고, 말의 실현태도 거의 수학적인 관계들에 의해 지배되는 음악보다 훨씬 더 다양하다. 예를 들어 음절의 길이는 대부분의 경우 읽는 사람의 자유 의사에 달려 있는데, 어떻게 음절의 길이를 정확하게 잴 수 있겠는가? 사실대로 말해서 시의 음악은 아주 빈약한 음악이다.

"시인은 여러 음악가들 중 하나일 뿐이다. 시 · 음악, 그것은 같은 것이다.

그럴지도 모른다. 그러나 순수한 음악은 시만큼이나 불가사의하다. 혹시 이것이 미지의 것으로 미지의 것을 정의하려는 것은 아닌지 의문스럽다. 어쨌든 이렇게 시에다가 거창한 개념을 부여하려고 하는 것은 잘못이라고 생각한다. 시라는 음악을 진짜 음악에 비교하는 순간, 즉 보들레르를 바그너에 비교하는 순간, 시는 가냘프고 단조로운 음악이 될 것이다."(앙리 브레몽, 《순수시》, 1925)

시적 음악이라는 개념이 하나의 메타포라는 것에는 이론의 여지가 없다. 그렇다고 해서 이러한 개념이 시의 가치를 실추시키는 것은 아니다. 어쩌면 이것은 시가 지닌 독특한 특성들 가운데 하나, 즉 시는 이미지로의 우회에 의해서만 만들어진다는 특성일 것이다.

시적 언어

음악은 리듬, 말과 침묵, 강박과 약박의 교대, 템포의 완급 등을 전제로 한다. 시인은 그것이 한낱 꿈이라는 것을 알면서도 시의 음악성에 집착한다. 시인은 거기서 인생을 보고, 원초적 맥박을 문학적으로 옮겨 놓고 인간의 호흡을 느낀다. 클로델은 "우리 모두의 가슴속에 내적 메트로놈, 근원적인 단장격, 약박자와 강박자가 들어 있다"(《시구에 대한 성찰과 제안》, 1925)고 말한다. 의미 전달을 목적으로 하는 분절된 언어 활동에 이르기 전에, 목소리의 조화로운 변조에 이르기 전에, 시는 숨결의 본능적인 망치 소리를 듣게 할 것이며, 그 숨결의 박동은 "영혼의 떨림과 단순한 프시케의 음성적인 자발성"(상동서)을 메아리치게 할 것이다. 시는 사람들로 하여금 발성기관을 통해 자신의 목소리를 소유하고 향유하며, 폐에서 생산되는 거친 호흡을 의식케 하는 것을 임무로 삼는다. 이러한 물리적 측면에서 보자면, 쉴새없이 계속되는 두 파리 여자들의 수다는 시의 가치를 지니고 있다. "그것은 산문이 아니다. 산문과는 전혀 관계가 없다. 그것은 제각기 특징을 가지고 있고, 상이한 울림을 가지고 있으며, 자기 안에 모든 완벽의 조건들을 지니고 있는 운문들이다. 한 마디로 잠재되어 있고 아직은 가공되지 않은 천연 상태이지만, 한없이 진실되고 그 어떤 기계적인 말레르브의 테크닉이나 스타일들보다도 깊은 원천에서 쏟아져 나온 시구들이다."(상동서)

시는 악센트와 억양이 제거되어 육체의 가장 깊은 곳에서 끌어올린, 생생한 육성을 박탈해 버린 '쓰여진 산문'에 대해 해독제의 역할을 한다. 비니의 말에 따르면, 문어(文語)가 책임져야 할 이러한 건조 상태가 독서를 오염시켰다. "시가 인쇄되는 그 순간부터, 시는 매력의 절반을 상실한다. 그 원인은 사람들이 시를 읽을 줄 모른다는 데 있다. 아주 낮은 목소리로 시를 읽을 때 사람들은 그저 심심풀이로 그렇게 한다. 운문의 규칙적이고 단조로운 형태는 그의 눈을 따분하게 한다. 왜냐하면 시는 생각과 하모니로부터 나오기 때문이다. 시는 활자화되면서 자기 자신의 절반을 잃게 된다."(비니, 《시인의 일기》, 1867)

이러한 생각은 클로델의 정력적인 필치하에서 다음과 같이 표현된다. "산문은 자신이 숨쉬고 있다는 사실을 잊어버린 채 책상에 앉아 일하고 있는 미적지근한 사람의 서술적 인공물에 지나지 않는다."

소리나는 건축물

시인들이 음악이 가진 매력들을 자기 것으로 삼으려는 데에는 앞에서와는 거의 정반대의 또 다른 이유가 있다. 음악은 구성된다. 다시 말해서 음악은 음정의 조직적이고 안정된 결합들, 정확히 배치된 선율의 교차 등에 의해 만들어진다. 건축물이 공간 속에 조직해 놓은 어떤 물체, 즉 규칙적이고 영속적인 관계에 토대를 둔 가시적인 구조물이라면, 시는 시간 속에 조직해 놓은 소리나는 건축물이다. 시는 음악적 특성들을 통해 어떤 일관되고 인지 가능한 전체를 구축하는 것을 막으면서, 말들을 메마르게 하는 서술적인 계속성으로부터 벗어나기를 꿈꾼다. 이러한 의미에서 보면 음악은 숫자·비율·아날로지를 필요로 하고, 시는 음표들 없이 이루어지므로 최고의 음악이 된다. "왜냐하면 만물에 존재하는 관계들의 집합으로서의 음악은 금관 악기나 현악기 혹은 목관 악기의 기본 소리들이 만들어 내는 것이 아니라, 절정에 달한 정신적인 말들이 만들어 내야 하기 때문이다."(말라르메, 《시구의 위기》, 1896)

이 정도의 이상주의에 이르면 음악은 궁극적인 유토피아, 접근할 수 있다 하더라도 순수한 관조의 침묵 속에 용해되어 버릴, 시적 완벽성을 지칭하는 은유적 방식에 지나지 않게 된다. 즉 "내 생각은 말이나 화음의 도움이 없어도 될 정도로 아름답지 않은가? 내게는 침묵이 시 그 자체이다."(비니, 《시인의 일기》, 1867)

시구(le vers)[2]와 시(le poème)[3]

오랫동안 프랑스 시는 음절 시구(음절의 수로 운율이 정해지는 시구)와 각운의 사용 덕분에 음악적이라고 인식되어 왔다. 이제부터 시와 작시법간의 애매한 관계에 있어서 논의의 쟁점이 되고 있는 용어들을 정리해 보도록 하겠다.

시(la poésie)와 작시법

오늘날 작시법을 따르지 않은 시를 시라고 할 수 있는가라고 묻는 것은 우스꽝스러운 질문이 될 것이다. 모든 규범적인 맥락을 떠나서 시라고 스스로 표명한 글들은 모두 시이다. 그러나 우리는 여기서 질문을 거꾸로 해볼 수 있다. 작시법을 준수하고 있지만 전혀 시적이지 않은 작품을 시라고 보아야 하는가? 아라공은 이 점에 대해 분명한 태도를 보이고 있다. "어떤 시가 시구들로 이루어져 있으나 시적 울림이 없고 단조로울 때, 우리는 그것은 시가 아니라고 말하지 않는다. 다만 좋지 않은 시라고 말할 뿐이다."(《벨 칸토의 연대기》, 1947)

그렇지만 선전 문구의 경우를 보면 조금 당황스럽다. 다음의 슬로건을 보자.

1. 작은 상자 속에 든 세제용품 광고(Omo micro)

2. 매우 작은(Touti rikiki)

3. 크고 강한(Maouss(e) costo)

이 슬로건은 작시법과 운율법을 분명하게 보여 주고 있다. 첫째 행과 셋째 행은 동일한 음절수에(4음절과 중간 휴지) 운을 맞추었고, /o/ 발음을 가진 낱말들이 두드러지게 나타나고 있다. 반면에 둘째 행은 폐쇄음 /t/·/k/와 내부운(TouTI rIKIKI)에 근거한 /i/의 날카로운 음을 들려 주고 있다. 음절수에 있어서도 다른 곳은 모두 2음절인데 비해, rikiki는 3음절로 이러한 음절의 초과는 아이러니컬하게도 그 낱말의 뜻과 상치되고 있다. 물론 이 슬로건을 시로 보는 사람은 하나도 없다. 그러나 이 문구는 시적 테크닉을 패러디하여 만듦으로써 선전 효과를 높이고 있다. 그런데 패러디한다는 것은 패러디하는 모델이 있음을 인정하는 것이다. 역설적이게도 작시법의 '산문적' 적용은 그것의 시적 기원이 인정됨을 전제로 하고 있다.

자유 시행(le vers libre)[4]에서의 여백의 활용을 어떻게 해석할 것인가? 매행을 한결같이 검은 글자로 뒤덮고 있는 산문과는 달리, 이러한 여백은 하나의 시적 표지로 기능한다고 보는 것이 일반적이다. 그러나 이 경우 지극히 평범한 쇼핑 목록도 시적인 것이 된다. 반대로 자유시의 여백이 산문의 꽉 들어찬 글자에 대한 불신에 의해서가 아니라, 보다 규칙적으로 배치되는 정형시의 여백과 비교해서 정의된다고 생각해 볼 수 있다. 시적이지 않은 작시법이 시의 기억을 간직하고 있는 것처럼, 작시법에 따르지 않는 시도 일종의 원초적인 기억 속에 시구의 흔적을 지니고 있을 것이다.

따라서 작시법에 따른 시든, 작시법을 따르지 않은 시든 모두 다 시이다. 그러나 예전에는 규칙을 따르는 시구가 시임을 보증해 주는 담보였기에, 현대의 시들은 시성(詩性)에 대한 새로운 미학적 기준을 만들어야 했던 것일까, 아니면 반대로 이전 테크닉들의 낙후가 전통적인 작시법에 의해 가려져 있던 어떤 시성을 드러내 준 것인가? 달리 표현하자면, 시가 가지고 있는 두 가지 대비되는 본질에 관한 문제인가, 아니면 동일한 한 가지 사실의 여러 가지 모습들에 관한 문제인가? 현재 활동하고 있는 두 전문가의 성찰이 이 양자택일의 문제를 잘 보여 주고 있다.

마자레라는 "나는 오늘날 시적 담론을 인지하는 데 있어서 전통적인 음절주의 외의 다른 준거들이 개입하고 있음을 잘 알고 있다. (……) 그렇지만 나는 그 두 가지가 별개의 것이 아닌지, 혼란을 야기시키는 것이 현대 시의 주요 경향들 가운데 하나가 아닌지 질문을 던지고 싶다"(《프랑스 작시법의 제 요소들》)고 말하고 있다.

반면 앙리는 "운문 시구는 하나의 사건이다. 시적 언어의 구성에 있어서 오랜 시간에 걸쳐 일어난 우발적 사건이다. 랭보에서부터 비로소 시인들은 시구가 본질적인 것이 아님을 깨닫게 되었다"는 견해를 개진하고 있다.(《20세기 프랑스 시구》, 1974)

시구에 대한 비평들

요컨대 프랑스 시구, 그것의 자의적인 음절주의, 각운과 관련된 작문 기술 등이 문제시된 것은 아주 오래 전부터의 일이다. 이미 페늘롱이 프랑스 작시법에 대한 반감을 표명했는데, "우리의 작시법은 각운으로 얻는 것에 비해 훨씬 더 많은 것을 잃고 있다. 즉 다양성과 용이함과 조화를 잃는다. 대개의 경우, 시인이 고심하여 찾아낸 각운은 담론을 길게 늘여 따분하게 만든다"(《시학 기획》, 1714)고 하였고, 1719년 뒤보스 신부는 이미지가 작시법에 우선함을 주장하였다. "시인이 만드는 것은 시적 언어이지 운율이나 각운이 아니다. 호라티우스의 생각에 의하면, 우리는 산문으로도 시인이 될 수 있지만, 시로는 웅변가밖에 될 수 없다."(《시와 회화에 대한 성찰》)

작시법에 대한 반감은 대개의 경우 매우 구체적인 고찰에 근거하고 있다. 수자는 모든 규칙적인 리듬이 독자나 청자를 싫증나게 한다고 여긴다. "리듬이 자주 반복되면 우리의 감각에 이내 익숙해지고, 그렇게 되면 그 리듬은 독창성과 본래의 특성을 잃게 된다." 그러므로 보들레르가 짧은 시의 형식을 선택했다면, 그것은 아마도 동정심에서 그리고 지루해지지 않기 위해서였을 것이다. "짧은 시들은 리듬이 연장되는 것을 막음으로써 그만큼 지루함을 경감시킨다."(《시적 리듬》, 1892)

자유 시구를 옹호하는 파르그는 이를 가볍게 설명하고 있다. "각운 사전을 뒤적이는 시인의 모습을 상상해 보라. 여러분도 위대한 시인들은 이런 우스꽝스러운 짓을 하지 않는다고 말할 수 없을 것이다. Amour, tambour, virole, variole, mélange-t-on, Melanchton, vieillard en sort, hareng saur 등.

이 고통스러운 정지의 시간에 시인의 이마가 정형 시구의 볼기짝처럼 스크린에 나타날 것이다."(《친숙한 열(列)》, 1944)

시적 자유와 운율의 제약

프랑스 시는 라틴 음절처럼 짧든길든 고정된 양이 정해져 있지 않기 때문에 등음절 법칙을 채택하였다. 또한 20세기초 작시법 옹호파들은 프랑스 운율학의 우월성보다는 형식적 제약의 미학적 필요성을 내세웠다. 그렇게 되면 예술은 부과된 규칙을 자유롭게 적용하는 것이 되므로, 시는 전통으로부터 물려받은 규범의 틀을 벗어날 수 없게 되는 것이다. 그 결과——결과야 아무래도 좋지만——작시법 옹호파들은 자유 시구주의자들에게, 산문을 분석해 보면 음절수의 반복에 토대를 둔 자연스러운 리듬이 드러난다고 반박하였다. 즉 산문은 자연스러움과 규칙의 해이라는 결점을 가지고 있는 반면, 시는 인공적이고 절대적이고자 한다. 비니가 볼 때 시적 산문(예를 들어 샤토브리앙의 산문)은 시구의 요구 사항에 맞추어 줄 용기를 갖지 못한 게으른 산문이다. "산문에서 가장 혐오스러운 것은 흡사 노래를 부르려는 듯한 그 거짓 몸짓이 주는 느낌이다 (……) 시는 시구 속에만 있으며, 다른 곳에는 존재하지 않는다."(《시인의 일기》)

수자도 동일한 의견을 표명하고 있지만, 동음절 운율의 약점을 의식한 듯 신중한 태도를 보이고 있다. "'언어가 있는 곳이면 어디나 리듬이 있으며,' 그 리듬은 곧 '시이다.' 아니 그보다는 그 리듬이 시구들을 탄생시킬 수 있다는 사실에서 "확실히 산문이란 없다"라고 앞서가는 것은 잘못이다. 왜냐하면 이러한 시구들은 리듬적인 환경이 불확실한 관계로 단지 잠재적인 시일 뿐만 아니라, 아직 어떤 기술로도 그 힘이 드러나지는 않았지만 이러한 잠재성이 바로 산문을 구성하는 것이기 때문이다."(《시적 리듬》)

반대로 클로델은 일률적인 제약은 우스꽝스럽고 터무니없는 소리라고 본다. 왜냐하면 위대한 시인들이란 바로 자신의 창조

적 자유를 지켜내는 데 성공한 사람들이기 때문이다. "프로조디
[그리스·라틴 시의 운율법이다]는 그것이 하나의 제약이라는 점
에서 유익하지만, 다른 한편 진정한 시인들에게 있어서는 전혀
제약이 되지 않았다. 이 얼마나 놀라운 일인가!"(《시에 대한 성찰
과 제안》)

작시법의 문제는 자유와 구속 사이의 예술적 변증법의 여러 형
태 가운데 하나에 불과하다. 회화가 인상주의를 통해 선에서 풀
려나고, 입체파와 더불어 모방에서 벗어나며, 추상화의 등장으로
재현에서 해방되었듯이, 20세기 중반을 지나면서 시는 계속되는
변화의 과정을 거치며 점차 운율 형식으로부터 탈피하고 있다.

오늘날의 시구

귀가 솔깃해지는 회화와의 이러한 비교는, 빈번히 이루어지기
는 하지만 모든 문제를 해결해 주지는 않는다. 첫번째 해석에 따
르면, 시의 테크닉은 회화의 재현 방식들과 등가를 이룬다고 해
야 할 것이다. 오늘날 시인들도 구상화가이거나 혹은 추상화가
이거나, 아니면 그 창작 시기에 따라 둘 사이를 왔다갔다하거나,
그도 아니면 화가 자신의 선택에 따라 동시에 둘 다인 화가들과
마찬가지가 될 것이다. 장 콕토의 경우 정형 시구(vers régulier)
를 선호한다. "상투어의 매력을 발견하면 할수록 점점 더 우리의
정신은 그것이 사용하는 몇 안 되는 방법들에 의해 자극받는다
는 것을 믿게 되고, 우리 각자가 왜곡시킨 낡은 양복, 즉 시구에
점점 더 가까워지게 된다."(《직업적 비밀》, 1926)

한편 쉬페르비엘은 생성 과정에 있는 작품의 영감과 논리를 믿
는다. "무엇보다도 자연스러운 것을 좋아하기 때문에, 이러이러

한 형식을 사용할 것이라고 미리 말한 적이 한번도 없다. 나는 나의 시가 스스로 선택하도록 내버려둔다."(《시적 기법에 대한 생각》, 1951)

반면 클로델은 어느 하나로 한정된 형식을 거부하고, 형식의 다양성을 통해 시가 풍요로워질 수 있다고 본다. "나는 정형 시구를 파괴할 생각이 전혀 없다. 정형 시구도 어쨌든 여러 표현 방식들 가운데 하나이다. 또한 그 방식들 가운데 하나를 고집함으로써 우리 스스로를 빈곤하게 만들 이유도 전혀 없다."(《시에 대한 성찰과 제안》)

그렇다고 해서 시에 여러 가지 본질이 있는 것은 아니다. 회화에서 색깔들이 그렇듯이 단어들이 시의 재료가 된다. 거기에다 예컨대 작시법과 같은 형태를 덧붙이든지 말든지 하는 것이다.

그러나 언어 활동이 아닌 운율 구조들이 시학의 자재가 됨을 생각해 볼 수 있다. 마치 음악이 소음이 아닌 음정들로 이루어지듯이 말이다. 산문의 단어들은 단지 예술품이 되기 위해 팔레트의 물감들을 받아들이려 기다리고 있는, 화가의 하얀 캔버스에 해당될 것이다. 이러한 관점에서 본다면, 작시법에 따르지 않은 시는 어쩌면 콜라주에 가까울 것이다. 콜라주에서는 현실들의 짜깁기를 통해——시에서는 유추를 통한 언어 기호들의 지시체를 통해——의미가 생성된다. 모든 예술이 다 마찬가지이다. 단지 그 실현 방법이나 목적이 다를 뿐이다.

이쯤에서 논의를 마치기로 하자. 문제점과 그에 대한 다양한 해결책들, 각자가 자신의 감성과 문화적 관습에 따라 구축한 시 개념을 토대로 한 해결책들을 제안하는 것으로 충분할 터이다.

4. 영혼의 심연

예언자

라틴어에는 시인, 시의 장인이란 뜻의 poeta와 신들의 영감을 받은 예언자란 뜻의 vates가 구별되어 있다. 물론 후자가 훨씬 더 고귀한 사람이다. 신들로부터 초자연적인 능력을 부여받은 시인은 하늘과 지상간의 매개 역할을 하고 있었다. 오르페우스적 형상을 둘러싸고 있는 어둠의 영역들은 시가 이러한 신비스러운 대표임을 나타내 주며, 언제 어느 시대나 인간 영혼의 깊은 곳, 보다 현대적인 용어로 말하자면 무의식에 도달할 수 있는 능력이 시에 부여되었다. 이러한 생각은 아주 오랫동안 종교적 믿음에서 그 정당성을 찾아왔다. 사제의 대리인이 아닌데도, 시인은 신학자의 권한을 가지고 있었다. "초기에 시는 단지 재미있고 활기찬 우화로서, 야만스러운 사람들의 머릿속에 그들이 이해할 수 없는 비밀들을 집어넣기 위한 비유적인 신학에 불과했다."(롱사르, 《프랑스 시학 개론》, 1565)

낭만적인 예언가

신적 영감이라는 주제는 낭만주의 시대에 다시 부활되었다. "그 내면에 신이 들어 있는 사람들"(빅토르 위고)인 시인들은, 영원의 헤아릴 수 없는 심연을 탐험하는 임무를 부여받았다.

그것은 수태한 머리들

조금씩 상승하고 자라는 시

생각들로 어지러워진 대양,

사람들에게 보이지 않는 밀물,

신이 뒤따르고 밤이 데려와,

인간을 명철로 가득 채우는,

충만한 무한의 바다,

바위에 쓰디쓴 거품을 쏟으며

호메로스의 맨발을 닦아 준다

영원의 물결로.

Ce sont les têtes fécondées

Vers qui monte et croît pas à pas

L'océan confus des idées,

Flux que la foule ne voit pas,

Mer de tous les infinis pleine,

Que Dieu suit, que la nuit amène,

Qui remplit l'homme de clarté,

Jette aux rochers l'écume amère,

Et lave les pieds nus d'Homère

Avec un flot d'éternité.

(위고, 〈마술사들〉, 41-50)

  확고하고 영속적인 진실에 대한 믿음이 여전하던 19세기에,
시인의 지식은 심리적이라기보다는 철학적이다. 영성의 토양에
서 자란 시인은, 자신의 예언자적 임무를 위해 시적 언어의 정

화 능력을 사용하면서, 무엇이 존재하는지 혹은 존재하게 될지를 인간에게 보여 준다. 후세 사람들이 이론가로 생각하는 비니에 따르면 시는 상징이며, 이미지화된 사고의 집산물이다. (혹은 '진주' · '다이아몬드'이다. 일찍이 그 누구도 이렇게까지 보석 세공에서 차용된 메타포를 좋아한 적이 없었다.)

> 시여, 그는 너의 그 근엄한 상징들을 비웃는다,
> 오! 너는 진정한 사상가들의 불멸의 사랑!
> 어떻게 심오한 사상들이 지켜질 수 있을까?
> 그 찬란함을 고이 간직하고 있는
> 너의 그 순수한 다이아몬드 속에 그들의 불꽃을 모으지 않고서.

> Poésie, il se rit de tes graves symboles,
> O toi des vrais penseurs impérissable amour!
> Comment se garderaient les profondes pensées
> Sans rassembler leurs feux dans ton diamant pur
> Qui conserve si bien leurs splendeurs condensées?

> (〈목자의 집〉, 1844)

시와 무의식

비니의 상징은 의식적이고 제어된 가공의 산물이다. 최초의 영감은 창조 작업에 장애가 되지 않는다. 반면에 랭보와 그 후계자들에게 있어, 시는 끊임없는 자기 자신과의 일 대 일 격전의 흔적들을 보여 주어야 한다. 즉 '나'는 지워지고, 기괴해진 영혼의 일관성 없는 말들이 텍스트의 표면 위로 떠오르게 해야 한다. "지금 나는 가능한 한 최대로 나를 방탕시켜야 한다. 왜? 나는 시인이 되고 싶고, 견자가 되기 위해 애쓰고 있기 때문이다. (……) 고통이 엄청나지만 나는 강해져야 하며, 시인으로 태어나야 한다. 사람들은 나를 시인이라고 생각한다. 그것은 절대로 내 잘못이 아니다. '나는 생각한다'라고 말하는 것은 잘못이다. 그보다는 사람들이 나를 생각한다라고 말해야 할 것이다."(조르주 이장바르에게 보낸 편지, 1871년 5월 13일) 이러한 시는 아름답지도 추하지도 않지만 상처를 드러내고, 모든 음악적 탐구의 대척점에 있는 심리적·언어적 경험을 보여 준다. "모든 옛날 시들은 그리스 시로 귀착된다. 이때의 시는 조화로운 삶을 노래하였다. 그리스 이후 낭만주의 시대에 이르기까지 즉 중세에는 많은 문인들과 작시가들이 있었다. (……) 이때에는 모든 것이 운이 붙은 산문이고, 수많은 어리석은 세대들의 무기력과 영광을 노래하였다."

정신분석은 랭보의 후계자들에게 무의식이라는 선물을 선사하면서, 시에 분명한 목적(자기 인식)과 특수한 테크닉(사고와 언어활동의 거짓된 합리성으로부터 벗어나는 글쓰기 방법의 사용)을 부여하게 된다. 앙드레 브르통이 《제1차 초현실주의 선언문》에서 표명한 바 있는, 그의 시 창작 방식과 초현실주의 독트린은 바로 이러한 심리학적 배경에 단초하고 있다. 즉 "초현실주의(SURRÉ-ALISME, n.m): 순수한 심적 자동성. 이를 통해 구두로, 혹은 글로, 혹은 또 다른 방식으로 사고의 실제적인 작용을 표현하고자 함. 그 어떠한 이성의 통제 없이, 일체의 미학적 혹은 윤리적 고정관념 밖에서 이루어지는 사고의 받아쓰기."

안과 밖

조금 전에 우리는 시가 현실의 초보적인 파악과 일종의 절대적인 객관주의를 지향하고 있음을 보았다. 그런데 지금은 주체의 탐색에 골몰하고 있다. 명백한 모순이다. 말이 동일한 발화 행위 속에 한데 묶여 자기 자신을 표현하는 동시에 자기 밖의 어떤 실체를 지칭하는 것과 마찬가지로, 시 텍스트는 작가의 표현 불가능한 내면과 말없는 세상의 겉면이 합쳐지고, 언어 활동을 통해 형태를 갖는 장소이다. 이성을 넘어선 이러한 사물과 상상적 세계간의 결탁은 현대 시의 공적으로 평가할 만하다.

"시인은 자신을 드러내는 만큼 본다. 또한 역으로 보는 만큼 자신을 드러낸다. 언젠가 시인이 보았던 것을 모든 사람이 보여 줄 것이다. 상상 세계의 종말을." (폴 엘뤼아르, 《보게 하기》, 1939)

"시인은 아주 어려운 상황, 위태로운 상황에 처해 있다. 그는 꿈과 현실이라는 칼날처럼 선명한 두 차원의 교차 지점에 서 있다." (르베르디, 《말총 장갑》, 1917)

5· 언어 활동의 정수

음악이건 자아 혹은 세계의 인식이건간에, 시는 무엇보다 언어의 탁월한 사용을 필요로 한다. 이러한 언어의 우월성을 이해하는 데에는 몇 가지 방식이 있다.

장식 기술

중세 시대의 '문과'(시대착오적인 어휘이지만 그냥 쓰기로 하겠
다) 공부는 오늘날 우리의 문법과 고전 강독을 포함하는 문법·
논리학 혹은 추론법, 그리고 수사학의 세 과목(trivium)으로 이루
어져 있었다. 수사학에는 웅변술을 위한 두 가지 테크닉(l'actio,
제스처와 발성법; la memoria, 웅변가에게는 필수적인 암기 기술)과
세 가지 일반 지식, 즉 창의력(inventio, 담론의 소재찾기)·구성력
(dispositio, 소재 배열하기)·표현력(elocutio, 말로 표현하기)이 있
다. 이렇게 볼 때 시는 수사학에 속한다. 주제의 선택은 inventio
에 속하며, 전체적 구성은 dispositio에, 어휘의 결정과 운율 구성
은 elocutio에 속한다.

15세기에는 시가 제1수사학(산문의 수사학)의 규칙에 부수적인
규칙들을 첨가해 주는 제2의 수사학으로 정의되었다. 따라서 다
른 언어 활동에 대한 시의 우월성은 상대적으로 높은 난이도에 기
인하고 있다. 1548년에 토마스 세비에는 이렇게 쓰고 있다. "웅
변가와 시인은 매우 비슷하고 여러 가지 유사점과 공통점을 지
니고 있지만, 시인이 웅변가보다 훨씬 더 운율의 제약을 받는다
는 점에서 근본적으로 다르다."《프랑스 시학》 이어 롱사르는 창
조·배열·표현법의 세 범주를 그의 책《프랑스 시학 개론》(1565)
의 목차로 삼고 있다. 또한 1830년 담론의 문체들을 논한 유명한
교과서의 저자인 피에르 퐁타니에는 웅변가의 도구들인 두운법,
동일 모음의 반복, 혹은 유음 중첩법과 마찬가지로 여전히 각운
을 '동음조를 통한 표현 수사'로 간주하고 있다.

시는 다른 언어 활동에 비해 만들기 어려울 뿐 아니라 훨씬 더 많이 장식되어 있다. 롱사르가 보기에, 시에 있어서 선택된 언어의 아름다움은 귀인의 손에 끼워진 값비싼 반지와 같다. "장중하면서도 짧은 문장들로 장식되고, 잘 선택된 적절성과 화려함이 표현법의 요체이다. 그것은 마치 대영주의 손가락에 끼워진 귀한 보석 반지처럼 시구를 빛나게 해준다."(상동서)

시의 장인적 성격과 시와 귀족 사회와의 필연적인 관계를 이보다 더 잘 설명할 수는 없을 것이다. 이러한 장식의 개념은 낭만주의 시대까지 이어졌다.

언어 활동의 존재태

고전적 장식주의는 어떤 특정한 언어 활동의 철학에 기인한 것이다. 데카르트 시대의 언어 활동은 진정한 생각, 그것이 언어로 표현되기 이전의 진실된 생각을 가능한 한 중립적이고도 투명하게 전사하는 것을 목표로 삼는다. 그리하여 작가는 정신의 서기(書記)가 된다.

그러므로 쓰기 전에 생각하는 법을 배워라.
우리의 생각이 좀더 모호하냐 덜 모호하냐에 따라
표현도 덩달아 덜 분명해지거나 혹은 보다 더 투명해진다.
잘 구상된 것은 분명하게 표현된다.
그리고 그 생각을 표현할 단어들도 쉽게 찾아진다.
Avant donc que d'écrire, apprenez à penser.
Selon que notre idée est plus ou moins obscure,

L'expression la suit, ou moins nette, ou plus pure.

Ce que l'on conçoit bien s'énonce clairement,

Et les mots pour le dire arrivent aisément.

(브왈로, 《시학》, 1674)

의미론적 관점에서 볼 때, 언어 활동의 이러한 매개 기능에 덧붙여지는 것은 모두 다 없어도 될 사치의 범주에 속하지만, 그렇다고 해서 그 미학적 잠재성들을 선험적으로 제거해 버리지는 않는다.

19세기를 지나면서, 어쩌면 갖가지 형태의 글쓰기(저널리즘·광고·정치 담론 등)가 과잉 생산됨에 따른 반작용으로 일상 언어가 타락한 형태밖에 제시할 수 없는데 반해, 시는 언어의 정수를 간직하리라는 견해가 대두되었다. "대부분의 사람들은 이 언어의 세계에서 눈먼 자들이며, 자신들이 사용하는 말을 듣지 못하는 귀머거리들이다. 그들의 말은 수단에 불과하며, 그들에게 있어 표현은 하나의 지름길일 뿐이다. 이러한 지름길이 언어의 실제 사용을 정하게 된다." (발레리, 《바리에테 III》, 1936)

실생활에서 단어는 동전과 똑같은 가치를 가진다. 단어는 자신이 참조하는 현실을 무례하게 지칭하는 데 사용되며, 사람들 사이에 교환된다. 단지 시인만이 단어에게 그의 존엄성과 불투명성을 되돌려 준다. "대중들이 그렇게 사용하듯 쉽고 표상적인 통화(通貨)의 기능과는 반대로 말은 무엇보다도 먼저 꿈꾸고 노래하며, 허구에 바쳐진 어떤 기술의 구성적 필요성에 의해 시인 속에 잠재해 있는 자신의 힘을 되찾는다." (말라르메, 《책에 대하여》, 1895)

말라르메는 진정으로 어떠한 실천철학·언어형이상학과 동일 시되는 이 새로운 시의 창시자이다. 아름다움과 추함의 미학적 범 주나 유용성과 무용성을 따지는 윤리적 범주는 문학적 관여성을 상실한다. 독자는 마치 수학자의 흑판이나 화학자의 작업대 앞 에서와 같이 언어의 작업에 참여한다.

이때부터 말라르메적 직관은 현대 언어학에 의해 명증되고, 이 론화되어 왔다. 로만 야콥슨의 《일반 언어학 시론》(1963)에 따르 면, 의사소통은 다음과 같이 도식화될 수 있다.

발신자는 수신자에게 전언을 보낸다. 이 전언은 외(外)언어학 적 현실, 아니 그보다는 오히려 발신자가 이 지시체에 대해 가지 고 있는 생각에 의거하고 있으며, 어떤 약호(예를 들어 언어)에 의 해 조직되고, 어떤 특정한 전달 경로(쓰여지거나 혹은 말해지는 언어 활동)에 의해 운반된다. 이 여섯 개 요소에 여섯 개의 언어 기능이 각각 대응된다.

—표현 기능(fonction expressive)은 발화자의 감정을 강조하는 데 사용된다.

—능동적 기능(fonction impressive ou conative)은 수신자에게 행사되며, 그에게서 기대하던 반응을 획득하는 것을 목적으로

한다.

―지시 기능(fonction référentielle)은 전언의 지시체에 대한 정보를 전달하는 기능이다.

―메타언어적 기능(fonction métalinguistique)은 예를 들어 사전의 기능, 즉 약호의 요소들을 설명해 주는 기능이다.

―친교 기능(fonction phatique)은 별 의미가 없는 의례적인 공손함의 표현에서 흔히 발견되는 것으로, 의사소통의 전달 경로가 작동하고 있음을 알려 준다.

―시적 기능(fonction poétique)은 마지막으로 우리의 관심사인데, 의사소통의 다른 구성 요소와는 관계 없이 전언의 형식에 주의를 기울이는 기능이다.

이같은 관점에서 러시아 형식주의 이후로 시는 종종 자존성에 의해 정의되곤 하였다. 시는 자존적이다. 즉 시는 고유한 목적을 가지고 있으며, 자신 외의 그 어떤 것도 가리키지 않는다. 시 속에서 언어 활동은 더 이상 사회적 의사소통의 도구가 아니라, 창작 때마다 새롭게 구조화하고 그 의미를 다시 창출해 내야 하는 자재이다.

본원적 언어 활동에의 꿈

따라서 시인은 이상적인 언어 활동의 존재태를 구현해 보고자 하였다. 그러나 낱말들은 불완전하고, 너무 오랫동안 실용적인 필요에 예속된 나머지 닳고닳아 더 이상 생각을 상징화할 수 없는 불구가 되어 버렸다. 책이 '활자의 총체적인 확장'이 되기를 바랐던 말라르메는 활자가 거짓말하는 것을 확인했다. "'낮(jour)'

과 '밤(nuit)'은 그 뜻과는 반대로 전자는 어두운 소리를, 후자는 밝은 소리를 갖고 있다. 이러한 도착성이 나는 너무나 실망스럽다."(《시의 위기》, 1886-1896)

입을 다물고 싶은 유혹, 즉 침묵의 시에의 유혹은 매우 강하다. 시집의 하얀 지면에 활자가 점점 줄어드는 것은 예술에 의해 미화된 바로 그 언어적인 실망 탓일 것이다.

그렇지만 단어가 지닌 이러한 약점이 시를 위대하게 만드는 것은 아닐까? 언어를 충만케 해주는 것이 아니라, 침묵도 말도 아닌 어떤 저 너머 세계의 윤곽을 그려냄으로써 인간 의사소통의 사각지대를 메워 줄 것이다. 음성적으로 '낮(jour)'은 어둡고, '밤(nuit)'은 밝다. 그러나 만약 그 언어 형태가 적절했더라면 "시는 존재하지 않을 것이다. 시는 철학적으로 언어가 가진 결점을 보상해 주는 탁월한 보완물이다."(상동서)

언어 외적인 기반에 대한 불가사의한 꿈은 일반적으로 말이 사물 그 자체였고, 말이 사물을 불러 오던 황금 시대——주술사들이 하늘에 명하여 비를 불러 오던 시대——에 대한 향수와 쌍을 이루고 있다. "사회의 여명기에는 모든 작가가 필연적으로 다 시인이다. 왜냐하면 언어 자체가 시에 속해 있기 때문이다. 시인이 되는 것, 그것은 참된 것과 아름다운 것을 파악하는 것, 한 마디로 실존과 인식, 그리고 그 인식과 표현 사이에 세워진 관계 속에 존재하는 관련성을 파악하는 것이다."(셸리, 《시를 위한 변론》, 1821)

발레리 역시 진정한 시인은 "여전히 언어의 샘물에서 물을 마신다"라고 말하였다.

6. 과거의 유산

시적 모방

잘 들여다보면, 원시 조상에 대한 탐구는 시의 일반적인 경향이 채택한 형태들 가운데 하나이면서, 동시에 가장 극단적인 형태이다. 이따금 매우 황당한 새로운 것들이 튀어나와 시의 역사를 장식하기도 하지만, 시에는 항상 과거를 향한 경향이 있다. 과거의 모습을 자신과 합체시켜 그것을 파괴하기도 하고, 또는 그것을 양분으로 삼기도 한다.

이 현상은 아주 먼 고대 시대까지 거슬러 올라간다. 라틴 시는 주로 정치적인 이유들로 인해 그리스 문학의 모방에서 태어났다. 즉 귀족들의 영향력이 강력했던 헬레네 지방까지 자신의 정치적·군사적 영향력을 넓히기로 결심한 로마는, 문화면에서도 그리스와 경쟁하기로 결심하고는 이를 위해 모든 것을 수입하게 된다. 작가·장르·문체 형식 등, 라틴어가 그리스적 틀에 잘 맞지 않음에도 불구하고——운율 구조의 경우가 이에 해당한다——모든 것을 수입했다. 결과적으로 《라틴 문학》(1965)의 저자인 장 바이에가 잘 설명해 주듯이, 라틴 시는 그 이전에 그리스 시가 있었기에 존재하였다. "기원전 3세기 후반에 로마에는 그리스 것을 모방한 하나의 완전한 문학이 돌연 만들어졌다. 이는 몇몇 비(非)로마 출신 사람들의 결연한 의지와 신중한 노고의 산물이었다."

서양 문학에 가장 유명한 시학을 남긴 호라티우스는, 이러한 그리스의 영향으로 영감보다는 작업을 더 중시하였다. "첫번째로

온 심판관은 시에 조화가 결여되어 있음을 감지할 수가 없었고, 로마 시인들에게 온당치 못한 관용을 베풀었습니다. 그렇다고 해서 내가 되는 대로 움직이고, 아무런 규칙 없이 글을 써도 될까요? (……) 여러분들은 그리스 시를 모델로 삼아야 합니다. 밤이고 낮이고 그것들을 보고 또 보고 해야 합니다."

따라서 시를 창작할 때 노고를 들여야 한다는 주장은 로마의 모방 원칙에서 그 근원을 찾을 수 있다. 그러나 우리가 앞서 잠시 살펴보았듯이, 아리스토텔레스적 미메시스 이후로 모방의 의미가 변질되어 왔다. 조아생 뒤 벨레는 모방의 본래 의미에서 천부적인 재능만으로 시적 영광을 쟁취하려는 시인들을 경계시킨다. "나는 이러한 시의 영예를 갈망하는 사람들에게 그리스와 로마의 좋은 작가들을 모방하라고 충고하는 바이다. 이탈리아와 스페인의 작가들, 그외 나라의 작가들도 살펴보아라. 그러기 전에는 아무것도 쓰지 말아라."(《프랑스어의 옹호와 선양》, 1549)

18세기말 시의 주제들을 혁신시켜 보고자 했던 앙드레 셰니에도 고대의 형식을 버릴 생각은 하지 않았다.

> 그들의 가장 오래 된 꽃을 우리의 꿀로 바꾸자,
> 우리의 생각을 그리기 위해 그들의 색채를 빌려 오자,
> 그들의 시의 불꽃에서 우리의 횃불을 켜자,
> 새로운 생각을 고대의 시구에 넣어 시를 짓자.
> Changeons en notre miel leurs plus antiques fleurs;
> Pour peindre notre idée empruntons leurs couleurs;
> Allumons nos flambeaux à leurs feux poétiques;
> Sur des pensers nouveaux faisons des vers antiques.

사자(死者)들의 대화

시에 대한 이러한 계급적 관점은 앙시앵 레짐(프랑스 혁명 전의 구체제) 이후 사라졌다. 그렇지만 오늘날 문학은 그 어느 때보다도 명시적인 것과 암시적인 것, 패러디적인 것과 진지한 것이 한데 얽혀 있다. 작품들을 관통하는 텍스트적 추억의 이러한 자유로운 순환에 대하여 현대 비평은 '상호 텍스트성'이라는 명칭을 부여했다.(참고: 제라르 주네트, 《팔랭프세스트, 2급 문학》, 1982) 그러나 이러한 현상은 더 이상 수직적 망이 아니라 수평적 망으로 이해되었고, 작가들은 난해한 논리를 따라 각자 고유한 길을 걷고 있다. 아니 그보다는 하나의 거대하고 무질서한 급류가 매우 역동적으로 흐르고 있고, 각각의 텍스트는 그 거대 급류의 미세한 조각, 일시적으로 고정된 작은 조각을 형성하고 있다고 표현하는 것이 좋겠다. 일반적으로 말해서 상호 텍스트가 문학 전체를 포괄한다면, 시는 보다 체계적으로 상호 텍스트를 이용한다. "모작은 필수이다"라고 로트레아몽이 거칠게 외치는가 하면, 미국의 시인 토머스 엘리엇은 이렇게 말하고 있다.

"강조해 두어야 할 것은, 시인은 과거를 인식하고 혹은 과거에 대한 인식을 발전시키며, 그가 시인으로 활동하는 동안 이 인식을 계속 발전시켜 나가야만 한다는 점이다.

창조란 끊임없는 자아의 명도 같은 것이다. 예술가의 길은 끊임없는 희생이며, 끊임없는 자기 자신 죽이기이다."(《전통과 재능》, 1917)

모든 소설이 전통과 현재 사이에서 그동안 전해 내려온 문학

유산과 대중의 직접적인 기대를 양립시켜야 하는 반면, 시는 그 섬나라 근성 덕분에 죽은 자들과의 대화, 위고의 표현을 빌리면 '걸작에 맞는 걸작'인 이 사자와의 대화에 언제나 새롭게 응수하려는 꿈을 꿀 수 있다.

그러나 시가 음악·철학·심리학이 되기를 원했던 것처럼, 사자와의 대화에서 시는 단지 사물의 언어 혹은 최초의 인간들의 언어를 꿈꿀 뿐이다. 시가 언어의 있음직하지 않은 어떤 본질을 구현한다기보다는 문학 전체가 그 안에 지니고 있는 이 존재 의지, 잃어버린 혹은 앞으로 도래할 낙원을 구현하고 있다고 평가하지 않는 한, 시를 정의하기 위한 우리의 탐구는 아주 실망스러운 결과로 귀착되고 말 것이다.

ㄹ

역사적인 요소들

이 짧은 장의 목표는 소박하게 시의 역사의 중요한 시기들과 그 시대를 대표하는 시인들을 돌이켜보는 것이다. 이러한 편람은 여러분들로 하여금 오랜 기간 동안 시 장르를 지켜 온 연속성과 발전 과정을 감지할 수 있게 해줄 것이다.

1. 그리스 로마 시대

서양 문학의 시조로부터 이야기를 시작하는 것이 온당할 것 같다. 기원전 6세기에 두 개의 대서사시가 씌어졌다. 호메로스가 그 저자로 되어 있지만, 이 음영 시인의 생애(기원전 9세기?)나, 2만 7천 행에 달하는 이 거대한 서사시에 대한 그의 실제 공헌 여부는 별로 확실치 않다. 《일리아스》는 아킬레우스를 중심으로 트로이 전쟁의 몇 가지 에피소드를 이야기하고 있고, 《오디세이아》는 고향 이타크 섬으로 돌아가기까지 10년에 걸친 오디세우스의 길고 고된 귀환 과정을 담고 있다.

기원전 8세기에 헤시오도스는 서사 전통에서 탈피하여, 두 개의 교훈시를 짓는다. 《신통기(神通記)》는 신들의 계보를 통해 세계의 발생을 설명하고 있고, 《노동과 나날》은 주로 농부들의 삶을 그리고 있다.

이후 기원전 8-6세기에 서정시가 출현하였다. 당시의 서정시는 그 내용에 의해서가 아니라 특정 운율 형식의 사용 여부에 의해 정의되었다. 개인적 서정주의는 애가·풍자시(아르킬로코스)·오드(아나크레온·사포)의 세 가지 방향으로 동시에 전개되었다. 얼마 후 화려한 합창적 서정시가 나타났는데, 핀다로스(기원전 518-446)가 가장 유명한 대표 시인이다.

기원전 4세기는 비극(아이스킬로스·소포클레스·에우리피데스)과 희극(아리스토파네스)의 두 희곡 장르가 전성기를 맞이했던 시기이다. 고대 그리스 시대(기원전 3-1세기)에도 역시 칼리마코스·아폴로니우스·테오크리토스와 같이 커다란 명성을 누린 시인들이 있었다. 그러나 고대 그리스 시대부터 시는 서사시·교훈시·서정시·극시의 네 유형으로 나누어졌고, 이러한 구분은 거의 변하지 않고 계속된다.

그리스 모델에 충실하는 데만 신경을 쓴 나머지, 라틴 시인들은 별로 혁신한 것이 없다. 다만 제국 정치하에서 풍자시가 성행하였고, 경구시에 마르티알리스, 정통 풍자시에 유베날리스 같은 전형이 될 만한 작가들을 배출해 내었다. 반면에 라틴 문학은 그리스 시를 전수하는 데 있어서는 대단히 중요한 역할을 하였고, 최근까지도 완벽한 시의 전형을 이루고 있다. 같은 맥락에서 제3공화국이 일련의 개혁 프로그램을 단행하기 이전까지 중등 교육(오랫동안 문학 수업을 하는 유일한 학교기관이었다)의 상당 부분이 라틴 문학 위주로 이루어졌으며, 그 목적이 프랑스어를 보다 잘 구사하기 위해서라는 점을 염두에 둔다면, 프랑스 시인들이 스스로에게 부과한 원칙들과 벗어나기 힘든 그 원칙의 무게를 이해할 수 있을 것이다. 기원전 1세기에 프랑스의 보들레르나 랭보에 상응하는 두 시인이 태어났다. 베르길리우스와 호라티우스가 그들인데, 베르길리우스는 세 작품으로 서사시(《아이네이스》)·교육시(《농경시》)·서정시(《전원시》)에 하나의 전형을 제공하였다. 앞서 그의 작품 《시론》이 언급된 바 있는 호라티우스는 고상한 문체는 베르길리우스에게 양보하고, 현대 시의 시조격인 풍자시·서한체 시·오드와 같은 군소 장르에서 뛰어난 역량을 발휘하였다.

ㄹ. 중세의 음유 시인들

중세에 들어서면서 사회적·문화적 환경이 완전히 바뀌었다. 라틴어로 쓰여진 성가 이외에도 통속어로 쓰여진 시가 등장하였는데, 이는 서민 문학의 출현을 말해 주는 것이었다. 따라서 시는 작가들과 예술을 장려해 줄 수 있는 부유하고 한가로우며 교양 있는 귀족 관객을 필요로 하게 되었다. 이러한 조건들은 11세기 말경에 충족되었고, 몇몇 예외를 제외하고는 바로 이 시기에 최초의 문학 텍스트들이 나오게 되었다. 이 작품들은 음유 시인 혹은 광대 시인들이 성에서 낭송이나 연기를 하기 위해 만들어진 것들이었다. 시는 외우기 쉽고, 음악에 맞출 수 있다는 장점을 지니고 있었다. 현대의 노래에서와 마찬가지로 가사는 노래에 진정한 가치를 부여해 주는 중요한 부분이었다. 이때부터 중세 시는 각종 운율에 따라 가사(歌辭) 문학에서 읽히기 위한 시, 혹은 최소한 안목 있는 대중 앞에서 낭독하기 위한 시로 이행하는 경향을 보였다. 텍스트는 짧아지고, 테크닉은 한층 더 정교해졌다. (혹은 훨씬 더 많은 제약이 생겼다.) 중세는 크게 보아서 세 시기로 나눌 수 있다. 12세기는 남프랑스의 찬란한 문화와 음유 시인들을 제외하고는 서술적이고 오락적인 시의 시기였다. 13세기에는 시 장르가 엄청나게 다양해진다. 이별을 찬미하는 궁정풍의 서정시류, 보다 사실적인(뤼트뵈프) 혹은 풍자적인(우화시, 《여우 이야기》) 시들, 그리고 특히 우의시(《장미 이야기》) 등이 공존하였다. 14-15세기는 정치적으로나 경제적으로나 매우 어려운 시기였다. 이 시기에는 주로 표현 기법에 주의를 기울였고, 중세는 '대수사파'들의 형식적인 유희로 막을 내렸다.

3. 르네상스 시대의 팽창

언어의 조작과 리듬 효과에 주의를 기울였던 대수사파들은 최초의 현대 시인들이며, 시를 엄격하고도 풍부한 규칙들을 가지고 있는 하나의 예술로 간주한 선구자들이다. 그러나 반복적인 구조를 끊임없이 변형시키고, 지나치게 많은 단어들을 사용함으로써 이들의 작품은 여전히 중세 티를 벗지 못했다. 새로운 변화는 16세기초 클레망 마로로부터 비롯되었다. 궁정 시인이었던 마로는 자유분방하고 신념을 가진(이 두 가지 성향으로 인해 감옥생활을 하기도 하고, 추방을 당하기도 했다) 인물로, 일상어이지만 정확한 어휘와 은밀한 리듬행을 지닌 단시의 창안자이다. 이로써 마로는 고전주의 미학을 예고해 주는 인물로 간주되지만, 기존 형식들을 이용한 시작(詩作)도 계속해 나갔다. 발라드와 롱도를 지었고, 그가 프랑스에 처음 도입한 이탈리아 양식, 소네트는 꾸준한 성공을 거두었다. 그러나 그의 중요한 공헌은 다른 데 있다. 마로하면 우선 농담이나 문학적 경박성이 떠오르지만, 그는 중세의 두 가지 시적 표현 양식, 뤼트뵈프나 비용의 사실주의적 양식, 그리고 완성도는 높으나 별반 쓸모없는 궁정시 양식을 결합시키면서 지속적으로 자신의 삶과 시대를 증언하였다.

플레야드 시인들은 전통 수사학도 배척하고, 마로풍의 단순성도 격렬히 반대하였다. 플레야드 별자리(묘성)의 일곱 개 별처럼 그들도 롱사르·뒤 벨레·바이프·펠티에 뒤 망스·벨로·조델·퐁튀스 드 티아르, 이렇게 일곱 명이었다. 뒤 벨레의《프랑스어의 옹호와 선양》(1549)에 의하면, 이들은 세 가지 목적을 추구하였다. 우선 그들은 중세의 유산, 즉 "롱도·발라드·비를레·궁중가·샹송 그리고 다른 짜깁기들과 같이 우리 언어의 품위를 떨어뜨리는 낡은 프랑스 시"들을 거부하고, 새로운 시를 원하였다. 그러면서도 그들은 갖가지 장르의 도입을 권장하고, 고대 그리스 시대와 르네상스 시대의 시적 원칙들을 격찬하였다. 마지막으로 그들은 플라톤의 미학 개념에 근거하여 '미'를 추구하였다. 그들이 너무도 능란한 선임자에게 질책하는 바가 바로 이 미화의 문제를 잊고 있었다는 점이다. 이러한 조형적 미에 이르기 위해서는 라틴어·그리스어·이탈리아어 혹은 신조어를 통해 어휘를 증가시키고, 직업상의 전문 용어도 어휘 자원으로 활용함으로써 문학 언어에 활력을 불어넣어야 한다는 것이 그들의 주장이었다. 플레야드 시인들은 소위 말하는 어떤 유파가 아니라 단순히 글쓰기에 대한 열정과 성공에의 야망으로 규합된 시인 모임이었기에, 이 방대한 계획의 대차대조표를 만드는 것은 어려운 일이었다. 그렇지만 전체적으로 볼 때, 뭔가 뒤죽박죽으로 팽창하고 있다는 느낌을 주면서도, 옳건 그르건간에 한 새로운 문화의 개척자로 간주되는 사람들의 열정이 드러나고 있다. 르네상스 문학에 대하여, 우리는 실험적인 시의 시대였다고 말해도 무방할 것이다. 르네상스 시대의 시는 고대 문학을 원천으로 삼는다는 공통점을 지닌 채, 여러 다양한 형식적 시도를 통해 자신의 참모습을 찾고자 하였다.

ㄴ. 고전주의의 법칙들

또 다른 방법으로 마로의 뒤를 이은 롱사르는
모든 것을 정리하며, 모든 것을 뒤섞고, 자신의 방식대로
하나의 예술을 만들었으며,
어쨌든 오랫동안 행복한 삶을 살았다.
그러나 프랑스어와 그리스·라틴어를 말하는 그의 뮤즈는
다음 시대에 어떤 기괴한 복귀에 의해
그의 위대한 시구의 현학적인 영화가 무너져 내리는 것을
보았다.

Ronsard, qui le [Marot] suivit, par une autre méthode,

Réglant tout, brouilla tout, fit un art à sa mode,

Et toutefois longtemps eut un heureux destin.

Mais sa muse, en français parlant grec et latin,

Vit dans l'âge suivant, par un retour grotesque

Tomber de ses grands mots le faste pédantesque.

(브왈로, 《시학》, 1674)

들끓던 인본주의는 종교 전쟁에 의해 갑자기 뚝 끊기더니 이
내 잊혀졌다. 17세기는 프랑스 고전주의의 굳건한 교리를 만들
고 고정시키며 강요하였다. 그 양극에 서 있는 말레르브와 브왈
로는 고전주의를 상징하는 인물들로, 이 새로운 문예 질서의 수
호자들이었다.

아무런 이론서도 남기지 않았지만, 말레르브는 그의 작품과 개
인적 영향력을 통해 시 개혁에 중요한 역할을 하였다. 개인적으
로 그는 문학적 검열에 치중하기보다는 엄격성·작업, 그리고 무
엇보다 연구에 기초한 글쓰기의 윤리를 제시하고자 했다. 특히
그는 작시법주의자들이 스스로에게 허용한 편이성을 배척하였
다. 허사(시의 운율을 맞추기 위해 넣는 뜻 없는 말), 동일한 어족
의 단어, 혹은 같은 문법 범주에 속하는 단어들(예를 들어 -ment
으로 끝나는 부사들)에 의거한 각운, 음절수를 맞추기 위한 비정
상적인 파격 등이 이에 해당한다. 이러한 이유로 해서 그를 말라
르메와 비교할 수 있을 것이다. 아무튼 그는 두 가지 핵심적 사
항에 대하여 시인들이 사용하는 방법들을 제한하고자 노력했다.

1. 시적 언어를 순화하기 위하여 지나치게 희귀한 단어나 저속
한 단어들을 제외시켰다. 그러나 말레르브 이후, 저속한 말의 범
위가 엄청나게 확대되어 본래의 용어를 쓰지 못할 정도에 이르
렀다. 즉 고양이를 고양이라 부르기가 점점 더 어려워지고, 우언
법(迂言法)이 성행하였다. 또한 그는 플레야드 시인들의 어휘들
을 혁신하고, 정묘하고도 세련된 재치를 추구함으로써 극도의 정
교함을 꾀하였다. 그러나 대개의 경우, 이러한 모호함의 배척은

시인들이 자신이 적절하다고 생각하는 방식으로 자신만의 언어 세계와 세계관을 구축하는 것을 방해하는 결과만을 낳았다. 특히 다음 세대의 문법가 보줄라에까지 이어질 언어 가지치기 작업을 하면서, 말레르브는 시를 산문에 연계시켜 산문에서 사용할 수 없는 표현 방식은 시에서도 거부하였다.

2 각운, 시구 자르기, 시구의 행걸침(enjambement), 절 등과 관련하여 프랑스 작시법의 규칙들을 정립하였다. 이로써 아주 효과적인 도구가 생겼지만, 그것을 제대로 잘 사용하느냐의 문제는 전적으로 시인의 기교 활용 능력에 달려 있었다. 더욱이 시구 내에서, 혹은 밖에서 행걸침을 금지함으로써 리듬군(시구나 반시구)과 통사군이 일치하게 하였다. 이런 상황에서 리듬은 더 이상 시적 테크닉의 하나의 독립적인 요소가 아니라 단순히 동일한 길이를 지닌 의미론적-통사론적 집합들로 문장을 자르는 것이 되어 버렸다. 즉 시는 작시법에 따라 쓴 산문이 되어 버렸다.

브왈로의 《시학》은 새로운 것이라고는 전혀 가지고 있지 않다. 말레르브의 규범에 따라 이미 오래 전에 고정된 시작(詩作)에 영향을 주기에는 너무 늦은 감이 있었다. 반면에 《시학》의 몇몇 부분은 아주 정평이 나 있어서, 특히 학교 교육 쪽에서 커다란 성공을 거두었고, 학교에서는 아주 일찍부터 이 책을 시의 교리성서처럼 사용하였다.

시의 개념이 이렇게 극도로 편협해진 데에는 나름대로 상황적인 이유들이 있었다. 아카데미 프랑세즈가 창설(1635)되었고, 이 학술회를 통해 짜임새 있고 균형잡힌 총괄적인 프랑스어 구조가 라틴어를 모델로 하여 만들어졌다. 현재에 와서는 이 프랑스어 구조의 예술적 가치가 상당 부분 상실되었지만, 당시에는 새로

나온 이 도구가 여전히 사랑을 받고 있었다. 몰리에르 시대 사람들에게는 시구가 시인에게 장애가 되지 않는 한, 그 프랑스어 구조의 아름다움은 시구를 아름답게 하기에 충분하였다.

5. 재치와 상황시

역설적이지만 생각을 나타나는 데 주력했던 고전주의 시에는 생각이 별로 담겨 있지 않은 듯하다. 사교적인 오락거리로 전락하거나, 혹은 엄숙한 쪽으로 빠져서 그 속에서 상상력이나 이성은 설자리를 잃었다.

정격시

18세기 중반에 볼테르의 《앙리아드》가 있긴 하였으나, 서사시는 소멸 직전이었다. 따라서 높은 서열의 시 장르는 오드가 대표하게 되었다.

> 찬란하고 정력 넘치는 오드는
> 하늘까지 야심차게 날아올라
> 자신의 시구로 신들과 친교를 나눈다
> L'ode, avec plus d'éclat, et non moins d'énergie,
> Élevant jusqu'au ciel son vol ambitieux,
> Entretient dans ses vers commerce avec les dieux.
> (브왈로, 《시학》, 1674)

원래 오드는 매우 다양한 주제들을 가질 수 있었지만, 말레르브는 특별히 위인들과 왕의 공적을 찬양하는 영웅적 오드를 널리 알렸다.

사교시

라 퐁텐은 너무 일찍 교과서에 등장하는 바람에(초등학교에서는 라 퐁텐, 중학교에서는 위고, 고등학교에서는 랭보!) 문학적으로 그 신망도가 떨어지는 시인으로서, 왕과 그 대신들에 의해 장려되면서도 한편으로는 통제되는 귀족 문화권에서도 주변적 인물이었다. 그러나 우화는 앙시앵 레짐 시대 사교시의 대표적인 양식이었다. 기분 전환용으로 가볍게 창작된 우화는 주로 살롱에서 읽히고, 거기에 재치 있는 해설이 뒤따랐다. 이러한 시는 일종의 사교 게임이었다. 게임이 잘 이루어지도록 각운 전문가들이 초대되기도 하였다.

이러한 세련된 놀이에 문학(혹은 각자 이 단어 뒤에 직관적으로 놓는 것)이 들어설 자리는 없었다. 여전히 유명한 작가들은 있었다. 그러나 모두들 어떤 위기감을 느끼고 있었고, 산문의 까다로운 요구 사항들을 가장 훌륭하게 충족시킬 수 있는 프랑스어가 감성적인 표현에는 부적절하다는 생각이 위기감을 더욱 고조시켰다. 이에 18세기 무렵에 시적 산문을 옹호하는 거대한 조류가 생겨났다. 이들은 작시법 규칙의 능숙한 적용을 버리고, 이성은 철학적 산문에 맡기며 사랑은 시적 산문에 맡기는, 이른바 역할 분담을 통해 가능한 한 생생하고 진지하게 감정을 표현하고자 했다.(디드로, 《극시론》, 1759 참조)

그러나 앙시앵 레짐 말기와 제정 시대에, 몇몇 시인들은 시의 새로운 출구를 찾아내기 위해 또 다른 방향을 모색하였다. 퐁탄은 《천문학 시론》을 운문으로 썼고, 종종 놀림받는 권위적인 아카데미 프랑세즈의 대들보 들릴은 《3대 자연계》에 대한 두 개의 방대한 시를 지었다. 고전주의(혹은 신고전주의) 시의 최후 작품인 이 시는, 고대 교훈시를 되살리면서도 프랑스의 달콤한 시들의 요소들을 포기하지 않았다.

6. 낭만주의 시대

1820년 3월 라마르틴의 《명상 시집》이 출간되었다. 이 시집은 즉각적이고도 눈부신 성공을 거두었고, 이는 시의 새로운 시대가 시작되었음을 상징적으로 알리는 것이었다. 1822년에는 빅토르 위고와 알프레드 드 비니가 차례로 자신들의 처녀 시집을 발표하였다. 뒤이어 생트 뵈브가 《조제프 들로름의 생애와 시 및 사상》을 1829년에, 알프레드 드 뮈세가 《스페인과 이탈리아 이야기》를 1830년에 각각 출간하였다.

순전히 역사적인 관점에서만 본다면, 낭만주의는 우리 문학사에서 그 시기가 매우 짧다. 1820년대초, 신문지상에 전개된 학자들간의 어떤 논쟁으로 인해 '낭만주의'라는 단어가 유행하게 되었고, 왕당파이면서 가톨릭이지만 고전주의 교리에는 반대하던 몇몇 시인들이 여기에 가담하였다. 게다가 이 시인들은 젊고 야심적이었다. 1820년에 라마르틴은 30세, 비니는 23세, 위고는 18세, 생트 뵈브는 16세, 뮈세는 고작 10세이었다. 따라서 초기 낭만주의는 국왕·신, 그리고 시인을 찬양하였다. 그러나 이 청년들이 성장을 하고, 각자의 가치관과 정치적 맥락에 떠밀려 그들 중 몇 몇은 1830년 7월 부르봉 왕조를 몰락시키고 다시 입헌군주제를 들어서게 하는 데 일익을 담당한 자유주의로 기울어졌다. 흔히 '후기 낭만주의 시대'라 불리는 몇 년 동안, 생 시몽주의자들과 더불어 1789년 대혁명의 약속을 실현시켜 줄, 보다 나은 세상을 갈망하는 혁명적 모험이 계속되었다. 그러다가 1831년·1832년· 1834년 파리 노동자들의 대폭동이 진압되고 난 뒤, 프랑스의 정 치체제는 결정적인 전환기를 맞게 되고, 이때부터 새롭게 시작된 산업혁명과 경제혁명을 진두지휘하게 된다. 정보와 오락을 제공 하는 신문의 성공과 제2제정 때 절정에 달한 도덕주의로의 회귀 사이에 끼어서 시는 설자리를 잃고 말았다. 결국 1830년대 말경 에 몇몇 사람을 제외하고는 낭만주의는 막을 내리게 된다.

문학 현상을 분석하기는 더욱 어렵다. 도식적으로 설명하자면, 두 가지 주장이 있다. 한쪽은 1820년대 시인들을 직접적이든 간 접적이든 모든 현대성의 시조로 본다. 그들의 미학적 이상주의는 말라르메를 예고해 주며, 고상한 문체와 장르 구분에 대한 거부 는 보들레르를, 이미지와 메타포의 자유로운 사용은 랭보를 예고 해 준다. 다른 한쪽은 낭만주의 시인들이 자신들도 모르는 사이 신고전주의의 계승자가 되었다고 주장한다. 그들의 핵심적인 시 적 테크닉들이 신고전주의에서 차용되었고, 그들은 단지 이성을 감정으로 대치했을 뿐이라는 것이다. 매우 일반적이긴 하지만 포 부에 찬 성명을 몇 개 발표했음에도 불구하고, 실제 작품들은 여 전히 전통에 충실한 것들이었다. 고로 진정한 단절은 다음 세대 에 이루어졌다는 것이 이들의 주장이다. 여기서 이 비평의 주요 사항들을 다시 한 번 살펴보자.

1. 오늘날 시적 테크닉면에서 낭만주의의 공헌도는 빈약해 보이는 것이 사실이다. 그러나 우리의 관점은 시대착오적이다. 낭만주의 시인들은 행걸침, 알렉상드랭(12음절의 시구)의 중간 휴지(6/6)의 약화, 혹은 제거, 융통성 있는 각운 선택, 어휘 선택의 자유 등을 권고하면서, 16세기 이후 대부분의 미학 논쟁의 중심에 서 있던 고전주의 이론의 네 가지 원칙을 공격했다. 그들이 제안한 해결책들은 비록 그것들을 항상 적용했던 것은 아니지만, 프랑스 정형시가 가질 수 있는 여러 가지 가능성들의 광범위한 탐색의 산물이었다.

2. 현대 시에서 랭보나 말라르메풍의 표현법이 많이 발견되는 것과 마찬가지로, 1830년대에는 아마도 들릴에게서 만큼이나 많은 우언법과 시적 부가형용사가 있었다. 그러나 단어와 이미지의 기능은 굉장히 많이 변했다. 시의 단어와 이미지는 아름다운 재현이라는 개념을 반영하는 것이 아니라 시인의 진실, 다른 어떠한 말로도(더 아름답던 덜 아름답던, 더 단순하던 덜 단순하던 상관없이 어떠한 말로도) 전달할 수 없을 하나의 진실을 드러내 준다.

3. 메타포의 과잉 이외에, 낭만주의 시의 가장 두드러진 특징은 매우 웅변적이라는 점이다. (아마도 학교 교육의 여파일 것이다.) 그러나 시인은 무엇보다도 자신의 말과 생각의 주인이다. 영감의 인도를 받는 시인일지라도 마찬가지이다. '나'는 아직 타인이 아니며, 시적 담론은 불가지한 것의 압력에 눌려 파열되지 않았다. 빅토르 위고는 1인칭으로 쓴다. 아니 그보다는 1인칭으로 말한다고——상스러운 말을 하기도 하고, 작시법에 맞추어 말하기도 하고——해야 할 것이다. 어쨌거나 쓰기와 말하기는 매한

가지이다. "위고는 산문·철학·웅변술·역사, 혹은 시구를 자제하려는 기이한 노력을 하였다. 마치 자기 자신이 시인 양 생각하고 말하는, 혹은 서술하는 자에게서 자기 자신을 진술할 권리를 빼앗았다."(말라르메, 《시구의 위기》)

사람들은 시의 이러한 수사학적 팽창에 짜증이 날 수도 있다. 그러나 이러한 팽창은 수사는 자아의 확인과 이성의 언어에서 자연스럽게 비켜 나온 것이 발화되도록 내버려두고자 하는, 의지가 균형을 이루는──이는 우리의 문학사에서 매우 드문 일이다──지점과 상응하고 있다.

ㄱ. 보들레르, 랭보, 말라르메와 그외의 시인들

19세기 후반의 시 역사는 너무나 파란 많고 복잡하여, 여기에서는 단지 그 이후 시 장르의 발전에 크게 공헌한 작가들을 중심으로 살펴보기로 하겠다.

이러한 관점에서 보면, 파르나스파는 그 활동이 빈약했다. '파르나스'라는 명칭은 1866년에 발간한 공동 시집, 《현대의 파르나스》에서 비롯되었지만, 그 기원은 훨씬 더 멀리 1830년대, 낭만주의에 제재를 가하여 올바른 명분을 위해 봉사하도록 유도하였던 도덕지상주의 유파까지 거슬러 올라간다. 고전주의와 잘못 이해된 낭만주의를 절충한 이 공리적 예술은 몇몇 젊은 작가들에게 거부감을 일으켰다. 그 중에는 "아무것에도 쓰이지 않은 것만이 진정 아름다운 것이다. 유용한 것은 모두 다 추하다"(《모팽양》의 서문, 1834)라는 유명한 좌우명을 남긴 테오필 고티에도 있었다.

테오필 고티에가 이렇게 파르나스의 후견인이었다면, 르콩트 드 릴은 파르나스의 수장이었다. 그러나 르콩트 드 릴의 집에 모인 젊은 시인들은 나폴레옹 3세 치하에서 새로운 분위기에 젖어 있었다. 즉 부르주아에 대한 그들의 멸시는 자본의 호사스러운 경박함에까지 이어졌고, 낭만주의는 이미 멀리 사라져 그들에겐 낭만주의적 감정의 토로가 무익하게만 보였다. 어쨌든 이 시인들은 문인으로서 명예로운 삶을 영위하는 데 관심을 쏟았으며, 그들 중 유명한 시인들은 갖가지 형태로 황제의 총애를 누리기도 하였다. 그들의 원칙은 말레르브적 전통에 가까웠으며, 17세기에서 '파르나스' 라는 단어를 빌려 와서 자신들의 공동 시집의 제목으로 삼았다. 그들의 시는 실제적인 효용성을 고려하지 않을 뿐 아니라(이 자명한 이치는 알맹이 없는 논문을 쓰는 데 사용될 뿐이다) 모호한 진실을 표현하거나 혹은 상징하지도 않았다. 항상 분명한 주제는 탄탄하게 구성된 텍스트의 아름다움을 나타내는 수단에 불과했다. 겉멋에 치중하는 동시에 거창한 파르나스 시는 분명하고 때로는 육중한 구문, 희귀하고 이국적인 혹은 고풍스러운 어휘, 각운을 많이 쓴 운율 등의 특징을 가지고 있다. 한 예로 르콩트 드 릴의 〈베란다〉의 처음 7행을 살펴보자.

> 붉은 반암 속, 찰랑거리는 물소리에
> 이란 장미나무의 싱그러운 살랑임,
> 꿈에 잠긴 산비둘기들의 달콤한 속삭임이 흘러든다.
> 가냘프게 지저귀는 새와 시새우며 붕붕대는 말벌은
> 무르익은 무화과를 깨어물고,

이란 장미나무의 싱그러운 살랑임,
붉은 반암 속, 찰랑거리는 물소리에 흘러든다.
Au tintement de l'eau dans les porphyres roux
Les rosiers de l'Iran mêlent leurs frais murmures,
Et les ramiers rêveurs leurs roucoulements doux,
Tandis que l'oiseau grêle et le frelon jaloux,
Sifflant et bourdonnant, mordent les figues mûres,
Les rosiers de l'Iran mêlant leurs frais murmures
Au tintement de l'eau dans les porphyres roux.

그러나 《현대의 파르나스》는 무엇보다 시를 쓰고 시집을 출판
하고자 하는 젊은 작가들의 상부상조의 수단이었다. 베를렌도 《현
대의 파르나스》 동인으로 출발하여, 《토성 시집》(1866)과 《사랑
의 향연》(1869)을 내놓으면서 유명해졌다. 지나치게 문학적인 특
성들(어휘·운율의 극단적인 정형성·수사 등)을 희석시키고자 했
던 그의 초현대적인 시학은 이미 널리 알려져 있다. 그렇다고 해
서 베를렌이 글쓰기의 거장이 아니었다고 말할 수는 없다. 그의
글쓰기의 성공 비결은 바로 갱신하기 어려워 보이는 표현의 의도
적인 빈곤에 있었고, 이러한 미학은 작가 자신의 불가해한 개성
과도 밀접한 관련이 있다.

로트레아몽의 후계자 역시 분명치 않다. 로트레아몽이 죽은 지
50년 후에, 초현실주의가 그를 프랑스 시의 신화로 만들었다. 그
에게서 초현실주의의 선구자적 자질을 발견했기 때문이었다. 그
때까지 로트레아몽은 낯설고 우스꽝스러우며 기괴한 시집, 《말도
로르의 노래》의 출판을 미처 보지 못하고 24세의 젊은 나이에

불행한 삶을 마감한 미치광이 시인으로만 알려졌다.

보들레르의 경우에는 모든 것이 확실하다. 파리의 예술계와 문단계에 이미 이름이 알려져 있던 보들레르의 1857년도 시집 《악의 꽃》은 전문가들의 호평을 받았고, 미풍양속을 해친다는 이유로 법적인 제재를 받음으로써 스캔들을 일으키기도 하였다.

그럼에도 불구하고 일반적으로 사람들은 작품이 훌륭하다기보다는 낯설고, 낯설기보다는 이상야릇하다고 생각했다. 생트 뵈브의 모호하기 짝이 없는 비평에 따르면, "보들레르는 아무도 살 수 없는 반도의 끝에 낭만주의의 경계를 넘어서서, 지나치게 장식되고 꾸며지긴 했으나 사랑스럽고 신비스런 기이한 키오스크(정자)를 짓는 방법을 발견하였다." 그러나 1870년대에 들어서면서부터는(보들레르는 1867년에 죽었다) 더 이상 그의 역사적 중요성을 의심하는 사람은 없었다. 비록 그의 작품이 빈번한 오해를 낳긴 했지만 말이다.

보들레르는 자신의 미학을 두 마디로 요약하였다: **초자연주의**와 **아이러니.** 초자연주의를 통해 그는 상상 세계를 해방시키고, 감춰진 현실에 접근할 수 있는 통로를 제공해 준다. 랭보에 앞서 보들레르라는 견자가 있었던 것이다. 그러나 아이러니가 위험한 무정형의 환상 세계에 점착되는 것을 막아 주면서, 글쓰는 이와 독자, 그리고 말과 사물 사이에서 글쓰기에 없어서는 안 될 거리를 유지해 준다. 아이러니로 인해 꿈이 예술적 행위로 변화하게 된다. 실제로 《악의 꽃》은 이미지와 감각들의 신비스런 조화를 보여 주고 있다. 낭만주의적 열광에 가까우면서도, 그것을 담고 있는 틀은 매우 고전적이다. 즉 파르나스파에게서 보듯이, 웅변적 문체의 조음(調音)들이 자칫 서투르게 보일 정도로 강조되는 형식을 취하고 있는 것이다. 이러한 의도적인 울퉁불퉁함은 음성 재료의 정교한 사용에 의해 더욱 부각된다. 어설픈 조화음을 만들어 내는 것이 아니라 의미를 강조하고, 더 나아가 시의 음성적 형식에 일종의 독립된 실존을 부여해 주도록 음성 재료들을 사용하였다. 두 개의 상반되는 담론을 한결같은 목소리로 이야기하는 것, 그것이 바로 보들레르의 독창성이다.

그러나 그의 가진 복잡성은 갖가지 잘못된 해석을 초래하였다. 어떤 사람들은 대수롭지 않은 하나의 도발로 보았고, 다른 사람들은 고전적인 작시법의 흔적을 실수라고 여겼다. 대부분의 보들레르 찬미자들도 그 문학적 구조가 제공하는 징후들을 무시한 채, 심리적인 접근 방식에 각별한 관심을 보였다. 즉 1880년대의 데카당들은 보들레르의 시에서 실존적인 하소연을 보았고, 가톨릭 시인들은 신비주의적 절규를, 또 다른 사람들은 무의식의 언어적 탐색을 보았다. 어쨌거나 《악의 꽃》의 명성이 부분적으로는 그 다양한 해석들, 보들레르의 아이러니컬한 원칙에 의해 더욱 고무된 해석의 다양성에 힘입고 있기는 하지만, 이 시집은 20세기 시적 감수성의 주요 원천 중 하나로 남게 되었다.

한편 이러한 감수성이 취하고 있는 형태들은 앞장에 언급한 바 있는 랭보와 말라르메에게 많이 빚지고 있다. 이에 대해 몇 마디만 덧붙여 보자.

이 두 사람 모두 전통적인 시, 다시 말해서 시의 질이 객관적인 기준에 의해 판단되고, 다시 그 질에 따라 아름다움이 평가되는 시에 종지부를 찍고자 했다. 랭보에게 있어 시인은 언어의 실험자이자 그 실험 대상이다. 시인은 모든 책임을 지고, 의식의 장 밖에서 탐색을 방해하는 모든 것들(특히 작시법, 의미론적 일관성 혹은 모든 운율 효과)을 제거하면서 자기 자신을 탐색한다.

> 어느 날 저녁, 나는 미를 내 무릎에 앉혔다.—나는 그것
> 이 쓰다는 것을 알았다.—
> 그래서 나는 그것에 욕설을 퍼부었다.
> Un soir, j'ai assis la Beauté sur mes genoux.—Et je l'ai
> trouvée amère.—
> Et je l'ai injuriée.
> (《지옥에서의 한 계절》의 서문)

가장 좋은 시는 기왕이면 산문으로 되어 있고, 무질서한 연속
속에서 곧 사라지는 비전들을 파악할 수 있는 시이다. 극단적인
경우에는 《일뤼미나시옹》처럼 독자에게 해독이 불가능한 시가
된다.

말라르메에게 있어 미는 하나의 은유적 개념이다. 즉 그에게
있어 미(美)란 순수 사고에 의해 세워진 관념들간의 완벽히 균
형잡힌 관계를 시 텍스트를 통해 표현하는 것이다. 문학은 지성
을 형상화한 것이고, 랭보에게서와 마찬가지로 탁월한 인식에 도
달하기 위한 하나의 방법이다. 그러나 랭보는 일단 언어를 그 논
리의 굴레로부터 해방시키고 난 뒤, 그 언어 활동을 움직이는 시
원적 힘들에 빠져든 반면, 말라르메는 언어학적 자원과 규칙들에
대한 탁월한 인식에 호소한다. 독자들은 도저히 감지할 수 없지
만, 매우 확실한 일관성을 지닌 말라르메적 난해성은 랭보의 모
호함과 근본적으로 다르다.

8 · 상징주의와 그 흥망성쇠

말라르메와 초현실주의를 가르는 시대는 아폴리네르와 몇몇 문학적 흥미거리를 제외하곤 문학 개론에서 거의 잊혀져 있다. 그렇지만 그 시대는 전형적인 아방가르드들의 시대였다. 학생수, 특히 문과생의 수가 급격히 증가함에 따라 젊은 시인의 수도 많아졌고, 파리의 라탱 구역은 이들의 지적 활동의 특권적인 장소가 되었다. 지방에서는 잡지와 문학 그룹이 많이 생기고, 향토색의 재발견으로 인해 지역 문학의 출발이 촉진되었다. 지방 작가들이 대부분 제3공화국 때 좋은 시절을 보낸 중산층 출신이라면, 수도의 할 일 없는 부르주아, 귀족 계급의 엘리트들은 고상하고 순수한 시에 관심을 가졌고, 그 결과 이때처럼 귀족 출신 시인이 많았던 적이 없다. 엉터리 시인과 순진한 야심을 지닌 사람들이 소수 있기는 하였으나 그것은 불가피한 일이었고, 전체적으로 볼 때 이 시대는 전에 없이 풍요로운 수확을 거둔 시기였다. 이 시기를 건너뛰는 것은 제1차 세계대전 때문일 것이다. 프랑스와 유럽 전체가 받은 이 거대한 외상이 전쟁 직전의 시기를 먼 과거 속으로 물러나게 했던 것이다.

1870년에서 1914년 사이(제1차 세계대전 전까지의 시기)의 주된 시적 운동은 상징주의였다. 상징주의는 학생-시인들의 여러 가지 활동에서 배양되었다. 이들은 선동·문학·짓궂은 장난·파티 등을 일삼으며 자신들을 물고문을 견디는 자들, 덥석부리들, 될 대로 되라는 자들이라고 불렀다. 그들의 자양분은 당시 세기말을 물들이던 데카당스의 이데올로기였고, 말라르메에게서 취한 상징주의를 주된 미학으로 삼았다. 즉 시는 현실을 말해서는 안 되고, 그것에 대한 상징을 제공해야 한다. 다시 말해서 시의 수단들을 통해 현실이 창출하는 것과 유사한 인상을 불러일으켜야 한다. 상징주의자들은 이렇게 해서 시적 작용의 일반적 방식을 명백히 제시하였다.

그러나 대개의 경우, 상징주의는 시를 음악으로 보는 개념과 동류항으로 묶이곤 한다. 후자는 그 자체로 리듬·멜로디·화음을 울리게 할 것이다. 바로 이러한 이유로 인해 몇몇 상징주의자들(구스타프 칸·프랑시스 비엘레 그리팽·모리스 메테를링크 등)은 동음절 시구보다 훨씬 더 유연하고 섬세한 리듬을 지닌 자유시구를 옹호했다. 그러나 마지막 시적 혁신은 음악이 아니라 회화에서 비롯되었다. 20세기초 몇몇 시인들은 몽마르트르의 화가들과 자주 교류하고 큐비즘적 시도들을 따라 하면서, 운율적 구성을 버리고 이미지의 조합에 골몰하였다. 비록 기욤 아폴리네르를 포함한 몇몇 시인들은 전통적인 운율법을 뛰어난 솜씨로 구사하였지만 단절은 분명했다. 시는 동시대의 발레리의 작품이 제시하는 사랑스런 음악이라기보다는, 심적 섬광의 공간적이고 기호적인 전사(轉寫)였다.

9. 초현실주의

많은 점에 있어서 초현실주의는 한 세기 전의 낭만주의를 상기시킨다. 두 조류 모두 외부와의 살육 전쟁(나폴레옹 전쟁과 제1차 세계대전)에 의해 국가적으로 황폐한 시기를 거쳤다. 그래서 이 두 운동은 기존의 제도에 대한 그들의 경멸을 유쾌하게 표현하기로 결심한 젊은이와 선동가의 몫이었다. 시적 창의성은 혁명적인 모델에 최고의 가치를 부여하는 정치적 행동 계획에 맞추어졌다. 특히 과거의 자취가 어떠했든간에, 그들은 각자가 시에 관해 가지고 있던 생각들을 완전히 바꾸었다.

문학적 측면에 있어서는 아폴리네르(혹은 다른 사람들)로부터 큐비즘과 마리네티의 미래주의를 지나 초현실주의(브르통·아라공·엘뤼아르·데스노스 등)에 이르기까지 연속성이 뚜렷하다. 그러나 이 흐름은 전쟁에 의해 깨어졌고, 그 유혈의 전장 속에서 1914년 이전 예술 활동에 의미를 부여해 주던 모든 사상적 지표들이 무너져 버렸다. 초현실주의는 새로운 문학사조가 아니다. 초현실주의에 새로운 점이 있다면, 그것이 하나의 문학사조가 아니라 자신의 엄청난 부조리함을 증명해 보인 세상에 대한 단호한 반항의 천명이라는 점이다. 20세기의 황금 시대의 아방가르드 운동과 초현실주의 사이에는 다다운동의 포효하는 니힐리즘도 있었다. "더 이상 화가도, 문학가도, 음악가도, 조각가도 필요 없다. 종교도 더 이상 필요치 않고, 공화주의자·왕정주의자·제국주의자·무정의주의자·사회주의자·볼셰비키·정치가·프롤레타리아·민주주의자·군대·경찰·조국 다 필요 없다. 이 모든 어리석은 것들에 진력이 난다. 이제 더 이상 아무것도 필요 없다. 아무것도, 아무것도, 아무것도."(1920년 2월 5일, 한 다다 시위운동 때 아라공에 의해 낭독된 성명서)

그러나 상징주의의 경우와 마찬가지로, 초현실주의 기법의 대중화는 우스꽝스러운 단순화를 초래하였다. 자동 기술법·콜라주·말장난 등은 때때로 별볼일 없는 시들의 전용 기법으로 여겨졌다. 그러나 두 가지 점에서 초현실주의는 업적을 남겼다. 다른 여타의 표현 형식 혹은 시적 의미 작용 형식에 대한 이미지의 우월성이 확고해졌고, 이후로 문학 연구의 상당 부분에 영향을 미쳤다. 극단적인 경우에는 어느 시대에 쓰여졌건간에 모든 시를 초현실주의 시로 간주하려는 경향을 보이기도 한다. 다른 한편 '보들레르에서 초현실주의까지' 이루어진 시적 발전이라는 말은 문학사의 상투어가 되었다.

10. 20세기의 시

초현실주의를 포함한 20세기 시들은 너무나 이질적인 형태를 취하고 있어서, 몇 페이지로 요약하거나 공정하게 선정한 유명한 시인들의 목록으로 축약하기 힘들다. 시애호가는 시선집을 참조하거나, 그보다는 좋은 서점에 가서 얇은 시집 한 권을 사봄으로써 요즘 드문 아니 희귀한 시의 구매자-독자가 되길 바란다.

리 듬

1. 기본 개념들에 대한 정의

리듬

리듬의 개념은 복잡하고, 논란의 여지가 많다. 전통적으로 리듬은 시적 박자(장단), 즉 강세의 규칙적인 회귀, 혹은 프랑스 시에서는 시구의 연속과 각 시구 내에서 동일한 음절수를 가진 시퀀스의 연속을 지칭해 왔다. 반대로 19세기말 자유 시구주의자들은 리듬을 시구의 산술적 균형을 깨뜨리는 탁월한 시적 영감으로 간주했다. 그리고 이론가 앙리 메쇼닉은, 리듬을 규칙성을 지향하는 모든 언어적 혹은 시적 체계를 거부하면서 시에 의미를 부여해 주는 담론 내에서의 의미 조직이라고 정의하고 있다.

그러나 리듬의 일반적인 정의보다 리듬 현상에 대한 해석이 더 구구하다. 막연하게 담론을 음소와 음절, 혹은 단어의 어떤 단조롭고 연속적인 흐름이라고 생각해 보자. 이때 리듬은 이러한 연속성과 단조로움을 깨뜨리는 모든 것이 될 것이다. 따라서 리듬이란 시 낭독에 있어서 강도 및 지속 시간——이 둘은 텍스트의 의미론적 가치와도 상관관계가 있다——에 작용하는 강세 현상의 규칙적이거나 혹은 비규칙적인, 그러나 근본적으로 불연속적인 출현이라고 말할 수 있을 것이다.

메트르(Le mètre)

메트르는 시적 측량의 단위이며, 언어에 따라 그 성격이 다르다. 라틴어에서는 시가 강세가 있는 음절과 없는 음절의 교차, 그리고 음절수(짧은 음절에는 강세가 올 수 없다)에 기초해 있다. 메트르는 짧은 음절 시퀀스로 제시되는데, 가장 빈번히 나타나는 것으로는 다음과 같은 것들이 있다.

> 장단단격(長短短格) le dactyle: ˉ ∪ ∪
> 장장격(長長格) le spondée: ˉ ˍ
> 단장격(短長格) l'iambe: ∪ ˉ
> 장단격(長短格) le trochée: ˉ ∪
> 단단장격(短短長格) l'anapeste: ∪ ∪ ˉ
> (악상 테귀(')는 메트르의 강세(accent métrique)를 나타내고, 짧은 수평선은 긴 음절을, 반원은 짧은 음절을 나타낸다.)

하나의 시구는 일정한 수의 특정 메트르로 만들어진다. 예를 들어 알렉상드랭(12음절의 시행)에 해당하는 장단단격의 6각시는 여섯 개의 장단단격(사실은 다섯 개의 장단단격 중 앞의 네 개는 장장격으로 대체할 수 있고, 다섯번째 것은 장장격이나 장단격으로 대체할 수 있다) 시퀀스이다. 따라서 그리스-라틴 시에서는 각각의 메트르가 강박자를 지니고 있었고, 마치 음악에서 발로 박자를 세듯 발구름으로 강박자를 맞추곤 하였다. '운각'이라는 용어는 바로 여기서 유래하였는데, 그 지칭 범위가 확대되어 강박과 그에 수반되는 약박, 즉 메트르 전체를 지칭하게 되었다. 독일 시도 다른 나라 시들과 마찬가지로 강박과 약박의 교대, 그리고 한 시구당 강박의 수로 시의 메트르를 조직한다.

프랑스 시구의 척도는 오직 음절수만으로 결정된다. 메트르는 시구 전체와 동일시되고, 메트르 종류만큼의 시구의 유형이 있다. 이렇게 해서 알렉상드랭 시구는 **강세와 상관없이** 12음절로 구성되는데, 여기서 운각이라는 단어를 사용해선 안 된다.

그렇지만 모든 시구가 하나의 메트르는 아니다. 예를 들어 자유 시구는 메트르에 의거해 있지 않다. 자유 시구의 범위 설정은 시인이 알아서 하며, 음절수에도 전혀 구애받지 않는다.

운율학 (La métrique)

고대에는 시구의 메트르를 정하게 하는 모든 테크닉을 통틀어서 운율학이라고 하였다. 프랑스어에서는 시구가 곧 메트르이므로, 운율학은 지금은 잘 쓰이지 않는 작시법의 동의어로 이해되어야 한다.

프로조디(La prosodie)

교과서적으로 말하면, 프로조디란 각운으로 시행 나누기와 관계 없는 라틴어 혹은 그리스어 음절의 길이에 대한 지식이다. 이와 관련하여 프랑스 시에서의 음절 계산 규칙들을 음절 프로조디라고 말한다. 그러나 고대에서나 현대 언어학에서나 프로조디의 개념은 훨씬 더 광범위하게 사용되고 있다. 따라서 여기서는 프로조디보다는 음절 계산이라는 표현이 더 좋을 것이다.

하모니와 시적 멜로디

음악은 리듬과 하모니와 멜로디로 특징지어진다. 조화의 기술인 하모니는 소리를 그 구성 성분으로, 즉 배음(倍音)으로 분해함으로써——두 개의 다른 소리는 여러 가지 배음을 공동으로 가질 수 있다——어떤 시행들이 가깝고, 어떤 시행들이 조화되지 않는지 결정해 준다. 멜로디는 소리의 배열이며, 그 일련의 소리들의 강도와 속도는 리듬에 달려 있다. 은유적으로 말하자면, **시적 하모니는 동일한 혹은 유사한(반해음·자음운 등) 음소의 결합을 말하고, 멜로디는 특정한 미학적 효과를 창출해 내는 일련의 음소들을 말한다.** 그러나 시에서는 하모니가 일련의 연속적인 음절들로부터 나오기 때문에 하모니도 역시 멜로디적이며, 멜로디도 마찬가지로 조화된 소리들의 반복에 기초하고 있으므로 이 두 개념은 상호 보완적이라 할 수 있다.

시 구(Le vers)

라틴어 versus(vertere에서 나온 말)는 원래 농부가 쟁기질을 하며 되돌아가기 전에 파놓은 고른 모양의 밭고랑을 의미했다. 시구는 오직 메트르의 성격과 수에 의해서만 규정되었다. 메트르 작업이 끝나면, 시인은 다시 처음으로 돌아와 새로운 시구를 시작하였다.

이러한 방식은 프랑스의 음절 시구에는 쉽게 적용되었다. 즉 음절들을 미리 정해진 자리에 모두 위치시키고, 그렇게 하지 못한 경우에는 시구 내에 의무적으로 휴지를 두는 것으로 시구를 마치게 된다.

그러나 비메트르적인(non métrique) 현대 시의 시구는 어떻게 정의할 것인가? 고대에는 시구(versus)가 아닌 것은 다 산문 (prorsa), 즉 되돌아감 없이 계속해서 앞으로만 나아가는 담론이었다. 이 농사 은유의 논리 속에서 우리는 산문이 한 페이지 위에서 나름의 정당성을 가지고 인쇄가 허용된 공간 전체를 차지하는 반면, 시구는 그것이 메트르에 의거해 있건 아니건간에 활자가 찍힐 수 있는 정상적인 마지막 줄에 이르기 전에 끝나 버린다는 점을 확인할 수 있다. 바로 이 텍스트의 오른쪽(때때로 왼쪽)에 주어진 여백 ——여백 혹은 여백의 구두적 표현인 휴지 ——에 의해서, 우리는 그 텍스트가 작시적인 성격을 지니고 있음을 알 수 있게 된다.

그러나 시구(le vers)가 시의 전부는 아니다. 시적 시구와 '범속한 산문' 사이에는 여러 가지 혼합된 형태가 존재한다.

시적 산문

경직되고 영감이 결여된 운율시에 대항하여, 18세기말의 몇몇 위대한 산문가들은(예를 들어 루소와 샤토브리앙) '시'라고 명명하지는 않지만, 실질적으로는 리드미컬하고 은유적인 구성에 기초한 시적 산문을 시도하였다.

산문시

산문시의 선구자들은 베르트랑(《밤의 가스파르》)·보들레르 (《파리의 우울》)·랭보(《일뤼미나시옹》)와 같은 19세기 시인들이 었다. 산문시는 시적 산문과 거의 정반대의 성격을 지니고 있다. 산문시는 시(le poème)임을 자처하거나, 전통적인 시(la poésie) 의 효과(리듬성, 이미지의 수사 등)를 흉내내려 애쓰지는 않는다. 산문시는 우선 어떤 거부의 몸짓으로 나타난다. 상상력과 환기 력에 굴레를 씌우는 언어의 평상적인 논리를 거부하고, 글쓰기 의 개성을 몰수하는 문학 규칙들(서사 규칙, 서술 묘사 규칙, 혹 은 시적 규칙)을 거부한다. 형식적 측면에서 볼 때, 산문시는 간 결함과 약간의 표면적인 비일관성을 그 특징으로 하고 있다.

절(Le verset)[5]

이 용어는 특히 클로델과 생 종 페르스의 시적 문단들에 대 하여 사용된다. 예문을 보자.

> 내가 사용하는 단어들은
> 일상적인 단어들이지만, 절대 똑같지 않다!
> 여러분은 나의 시구 속에서 일체의 각운도, 그 어떤 요술 도 발견하지 못할 것이다.
> 이것은 바로 여러분의 문장들이다. 여러분의 문장들 중 단 한 문장도 나는 다시 손볼 줄 모른다.

Les mots que j'emploie,

Ce sont les mots de tous les jours, et ce ne sont point
les mêmes!

Vous ne trouverez point de rimes dans mes vers ni aucun
sortilège.

Ce sont vos phrases mêmes. Pas aucune de vos phrases
que je ne sache reprendre!

(클로델, 〈성모마리아 찬가〉, 1913)

세상의 비밀아, 앞으로 나아가라! 마침내 시간이 왔다.

마침내 빗장이 우리 손에 쥐어진 시간이! ……나는 천상
의 시계들로 가득한 기부금이 성유로 흘러 들어가는 것을
보았다,

쾌적한 커다란 손바닥들이 지칠 줄 모르는 꿈으로의 길
들을 내게 열어 준다,

Secret du monde, va devant! Et l'heure vienne où la barre

Nous soit enfin prise des mains! ……J'ai vu glisser dans
l'huile sainte les grandes oboles ruisselantes de l'horlogerie
céleste,

De grandes paumes avenantes m'ouvrent les voies du son-
ge insatiable,

(생 종 페르스, 〈항해 표지〉, 1957)

이것은 시구라고 볼 수 없다. 왜냐하면 운율의 표지도 없고,
줄이동이나 줄바꿈이 정상적인 활자 규칙을 지키고 있기 때문

이다. 그러나 시적 호흡에 따라 중단되기도 하고 계속 이어지기도 하는 이러한 문단들은, 텍스트의 논리상의 분절을 나타내는 산문의 문단과는 다르다.

2. 프랑스 시의 음절 시행

시구의 종류는 음절수에 따라 나누어진다. 가장 흔한 형식은 다음과 같다.

—6음절의 시행: l'hexasyllabe

—8음절의 시행: l'octosyllabe

—10음절의 시행: l'décasyllabe

—12음절의 시행: l'dodécasyllabe, 일반적으로 알렉상드랭(alexandrin)이라고 불린다.

이외에도 4음절 시행(le tétrasyllabe), 5음절 시행(le pentasyllabe), 7음절 시행(l'heptasyllabe), 9음절 시행(l'ennéasyllabe), 11음절의 시행(l'hendécasyllabe)이 있다.

여기서 우리는 기존의 선입관과는 달리 홀수 운율의 시도 있었음을 알 수 있다.

하나의 메트르가 운율로 청자에게 인식되기 위해서는 반복되어야 한다. 서로 다른 길이의 시구들이 세 개 정도 연속되면 그것은 결국 산문이 되고 말 것이다. 따라서 고전적인 시는 같은 수의 음절을 가진 일련의 시구들로 구성되어 있다. 우리는 그것을 등운율적 혹은 등음절적이라고 말한다. 이것에 반대되는 것은 이(異)운율적 혹은 이(異)음절적 시인데, 17세기의 혼합 시구들(vers mêlés)과는 매우 다른 의미를 가진 현재의 자유 시구(vers libres)를 들 수 있다.

그러므로 시의 독자는 음절 세는 법을 배우고, 그것을 습관화시키며, 큰 목소리로 낭송함으로써 음절을 세지 않아도 될 정도로 프랑스 운율의 기본 형식들을 충분히 내재화해야 한다. 비록 언어학자들에게는 그 규칙이 적지 않은 이론적 난제를 불러일으키기는 하지만, 일반 규칙은 이해하고 적용하기가 매우 쉽다. 즉 분리되어 인식되는 하나의 모음이 하나의 음절이 된다.

예) Rien ne sert de courir: il faut partir à point.
    1   2   3   4   5 6   7   8   9 10 11 12

그러나 아주 미묘한 두 가지 형태는 약간의 설명을 필요로 한다. 중복 모음의 경우와 무강세 모음 e의 경우가 바로 그것이다.

중복 모음

연속되는 두 음절의 모음들 사이에 대개는 하나 혹은 그 이상의 자음이 끼여 있다. 그러나 자음에 의한 분리 없이 두 모음이 서로 충돌하면 어떻게 되는가? 모음 충돌이 한 단어 내에서 이루어지느냐 아니면 두 단어가 만나는 지점, 즉 한 단어의 끝과 다음 단어의 시작 부분에서 이루어지느냐에 따라 해결책이 달라진다.

단어 내에서 충돌할 때

'lion' 이라는 명사가 있다고 하자. 이것은 하나의 음절(lion)인가, 두 개의 음절(li-on)인가? 만약 두 개의 모음이 하나의 음절로 계산된다면 그것은 **모음 융합**(synérèse)에 의한 것이고, 두 개의 음절로 계산된다면 그것은 **분음**(分音, diérèse)을 한 것이다.

예) Et, puisque vous voyez mon âme tout ent*ie*re (모음 융합)

　　Seigneur, ne perdez plus menace ni pr*i-è*re (분음)

　　(코르네유, 《니코메드》, 3막 2장)

이론상으로는 선택이 불가능하다. 즉 프랑스어 단어의 기원이 되는 라틴어가 두 개의 모음을 지니고 있다면, 분음(*inquie-tum* → inqui-et)을 해야 하고, 반대로 원래 라틴어 단어에서는 하나의 모음이었는데, 음성적 변화의 결과로 프랑스 단어에서 두 개의 소리가 된 것이라면, 모음 융합(*pedem*→ pied)을 적용하는 것이 원칙이다. 그러나 이 원칙은 여러 가지 이유로 해서 한번도 엄격하게 적용된 적이 없었다.

1. 시 낭독법이 일반적인 발음법과 확실하게 구분될 수 있다는 사실을 인정한다면, 이 원칙을 가능한 범위 내에서 최대한 고수해야 한다. 예를 들어 ouvrier를 우리가 지금 발음하는 3음절의 어휘(ou-vri-er)가 아니라, 그 어원에 맞추어 2음절의 단어(ou-vrier)로 읽을 수도 있다.

2. 보다 분명히 들리게 하기 위해서 단음절의 단어들은 쉽사리 2음절 단어가 되어 버린다. 어원상 원칙에 위배되는 경우에도 그러하다. 이렇게 해서 hier(*heri*)는 종종 2음절로 계산된다.

3. 어원에 대한 인식이 충분히 약해지는데 따라(이것은 시대와

단어 자체에 달려 있다) 시인은 음절 계산상의 필요에 따라 모음 융합이나 분음을 할 수 있다.

4. 역사적으로 볼 때, 조금이라도 수고를 덜려는 소위 언어적 경제 원칙에 따라 분절의 수고를 경감시킬 수 있는 모음 융합 쪽으로 가는 경향이 있다. 약간 늦었긴 하지만 시도 이러한 변화를 뒤쫓고 있다.

두 단어가 만나는 지점에서 충돌할 때

앞의 모음이 무강세음(혹은 무음) e라면 그 e는 생략된다.

예) O tendress(e)! Ô bonté trop mal récompensée!
　　(라신, 《페드르》, 4막 1장)

그밖의 경우에 있어서는, 두 개의 모음을 모두 살리는 분음이 의무적이다. 두 모음이 매개 자음 없이 연속되므로, 입은 계속 벌려진 채로 있게 된다. 이것을 모음 충돌(hiatus; 라틴어 hiare는 '입을 벌리다'라는 뜻이다)이라 한다.

고전주의 시에서는 다음의 세 가지 경우를 제외하고는 모음 충돌이 금지되어 있다.

1. 뒤의 모음이 유음 h 뒤에 올 때. 이는 유음 h의 발음이 최소한, 모음 발음에 수반되는 성문 파열음으로 인한 가벼운 단절을 전제로 하기 때문이다.

예) Dieu, qui *hait* les tyrans, et qui dans Jezraël
　　(라신, 《아탈리》, 1막 2장)

2 앞의 모음이 비음(鼻音)일 때.

예) Lorsqu'au premier faqu*in* *i*l court en faire autant

    (몰리에르, 《인간혐오자》, 1막 1장)

3. 앞의 모음이 생략된 무강세음 e 앞에 오고, 그 결과 위치상 모음이 길어질 때. 두 모음간의 길이의 차이가 귀에 거슬리는 모든 모음 충돌을 피할 수 있게 해준다.

예) Le Ciel te donne Achille, et ma *joye* *est* extrême

    (라신, 《이피제니》, 3막 1장)

그러나 실제로 모음 충돌이 귀에 거슬리는가? 사실 모음 충돌의 체계적인 거부를 정당화해 주는 것은 아무것도 없다. 오히려 우리가 참조한 텍스트들을 보면, 모음 중복은 두 모음이 동일하거나 같은 음소군에 속해 있을 때만 거북함을 일으킨다.(제4장 참조) 'j'ai à dire'의 모음 충돌은 'il a à dire'의 모음 충돌보다 훨씬 덜 눈에 띈다. 'il a à dire'의 문장은 발화될 때 두번째 /a/ 소리는 죽고, 첫번째 /a/ 소리는 강조됨으로써 강도의 차이를 가져온다. 게다가 발음상의 불편이 시의 결점이 되지는 않는다. 모음 충돌이 이따금 야기시키는 목소리의 둔화는 효과적이면서도 동시에 경제적인 문체적 도구가 된다.

예) Le pr*é* *est* v*é*néreux mais jol*i* *en* automne

    (아폴리네르, 《콜키스족》)

무강세음 e

무강세음 e는, 대명사 'le'가 명령법 동사 뒤에 올 경우(예: prends-le)를 제외하고는 강세가 붙지 않기 때문에 무강세음, 혹은 탈락음, 혹은 무음 e라고 불린다. 일상적인 발음에서는 이 e는 발화자의 판단에 따라 생략하여 발음하지 않는다. 생략하느냐 안하느냐의 선택은 음성적 맥락과 사회적 혹은 지리적 관습에 좌우된다. 요컨대 그것은 관용의 문제이다. 'je te dis' 혹은 'je t'dis' 혹은 'j'te dis'라고는 할 수 있어도 'j't'dis'라고 발음하지는 않는다.

시에서는 일반적인 언어 관습에 지나치게 위배되는 경우를 제외하고는, 자음 앞에 놓인 무강세음 e를 항상 하나의 음절로 친다. 이 원칙에 입각하여 다음의 네 가지 상황을 구분해 볼 수가 있다.

1. 무강세음 e가 두 개의 자음 사이에 놓이면 하나의 음절로 친다.

예) Gêne, Flatte, surprends. Vous autres, suivez-moi
    1 2   3 4   5 6   7   8 9 10 11 12

(코르네유, 《헤라클리우스》, 4막 5장)

2. 한 단어 내에서 무강세음 e가 하나의 모음과 하나의 자음 사이에 놓이면, 그 e는 시에서나 산문에서나 생략된다.(예: il essai(e)ra) 더듬거림을 막기 위해서 이 e가 특히 -ment으로 끝

나는 부사에서 악상 시콩플렉스로 대체되기도 한다.(예: gaî-
ment)

3. 단어의 말미에서 무강세음 e가 모음과 자음 사이에 놓이면
하나의 음절로 계산해야 할 것이다.(je crie fort) s를 동반할 때
 　　　　　　　　　　　　　　　　　　　1　23　4
도 마찬가지이다.(tu cries à l'aide) 그러나 어떤 섬세한 낭독도
 　　　　　　　　　　1　23　4　　5
도달하지 못하는 기술임을 우리는 잘 알고 있다. 따라서 고전주
의 시에서는 다음의 경우를 금지하기로 결정하였다.

　ー마지막 모음＋무강세음 e＋s

　ー마지막 모음＋무강세음 e, 다음에 오는 단어가 자음으로 시
작하는 경우.

4. 어떤 단어가 무강세음 e로 끝나고, 다음에 오는 단어가 모
음으로 시작되는 경우 e는 생략된다.(je cri(e) à l'aide)

이 규칙들은 간단하긴 하지만 잘 익혀두어야 한다. 대부분의
음절 계산 실수가 무강세음 e에서 발생한다. 지금까지 우리가 살
펴본 것은 결국 생략에 관한 것이었다. 생략은 금방 이해할 수
있으면서도 모호한 개념이다. 생략은 글쓰기뿐만 아니라 발음에
도 관여되기 때문이다. 좀더 정확하게 말하자면, 단어의 중간에
서 모음이 발음되지 않는 것을 **어중음소실**(語中音消失, syncope),
단어의 끝에서 발음되지 않는 것을 **미음절소실**(apocope)이라고
한다.

무강세음 e에 대한 이러한 묵계는 임의적이다. 바로 그러한 이
유로 해서 현대 시는 모음 중복의 경우와 마찬가지로, 생략의 사
용에 있어서 시인에게 보다 많은 자유를 부여하고 있으며, 구어
의 사용도 허용하고 있다.

예) Je vous aim(e), gars des pays blonds, beaux, conduc-
     teurs·······.
　(베르하렌, 《노력》)

그러나 지나치게 왜곡하지는 말자. 무강세음 e가 음절로 계산
된다 하더라도, 그것이 진짜로 발음된다는 것을 의미하는 것은
아니다. 더군다나 무강세음 e는 바로 뒤에 강한 구두점을 수반
할 수 없다.

예) Tu m'écoutes. Ma voix ne t'est point étrangère.
　(라신, 《에스테르》, 프롤로그)

발음되지는 않지만 그래도 낭독할 때는 무강세음 e가 시구에
서 운율적 자리를 차지하고 있음을 느끼게 해주어야 한다. 이를
위해 낭독자가 사용하는 방법으로는 다음과 같은 것들이 있다.
　─앞의 음절 길게 늘이기
　─무강세음 e 바로 앞에 놓인 자음을 길게 늘이기
　─무강세음 e의 자리에서 아주 짧게라도 멈추기
　운율법과 발음법을 지킨다는 전제하에서 무강세음 e는 시 낭
독의 기본적인 요소들 중 하나이다. 무강세음 e가 시행에 지속적
인 긴장감을 유지시켜 주고, 그 길이와 강도의 차이, 거기에 침
묵까지 곁들여 시의 리드미컬한 성격을 잘 표현해 주기 때문이
다. 이 모음의 옹호자들은 말라르메를 증인으로 내세울 수 있을
것이다. "나는 묵음 E가 시의 근본적인 수단이라고 늘 생각해 왔
다. 정형시에서 특히 그러하다. 마음대로 생략하기도 하고, 집어

넣기도 하는 이 음절은 외관상 고정 숫자를 갖추도록 해준다. 너무 획일적이어서 아주 특별한 경우를 제외하고는 참기 힘든 고정 음절 말이다."(1887년 10월 9일, 카미유 모클레에게 보낸 편지)

3· 각운

정의

각운(La rime)이란 둘 이상의 시행에서 하나의 음소, 혹은 최소한 강세가 붙은 마지막 모음과 그 뒤에 수반되는 모든 것을 일치시키는 것을 말한다.

예를 들어

—bu와 chenu는 각운을 맞춘 것이다. 마지막 음소 /y/를 공통으로 가지고 있기 때문이다.

—bulle과 butte는 각운이 맞지 않는다. 반해음(assonance)만 있을 뿐, 마지막 자음이 서로 다르기 때문이다.

—bulle과 balle도 각운이 맞지 않는다. 자음 /l/과 무강세음 e 만을 공통으로 가지고 있기 때문이다.

각운과 리듬

rime이라는 단어는 라틴어 rythmus에서 파생된 단어이며, rythme도 철자법상의 한 변형체로서 같은 어원을 지니고 있다. 실제로 각운의 원래 기능은 시행의 끝을 표시해 주고, 시행들이 대구를 이루도록 하면서 운율적 리듬을 강조하는 것이었다. 등음절 법칙과 각운은 하나의 통일된 체계를 이루면서, 음절의 양에 기초한 라틴 각운을 대체하였다.

고전주의 규칙들

무강세음 e를 통해서도 보았듯이, 고전주의 시대는 기존해 있던 몇 가지 강제적인 규칙들을 확립하였고, 필요한 경우 새로 만들어 내기도 하였다.

─여성운(무강세음 e로 끝나는 운)과 남성운(무강세음 e가 없는 운)을 교대로 써야 한다. 이 규칙은 무강세음 e가 여전히 발음되던 시대(아마도 17세기까지)에는 음성적·리듬적 관점에서 정당화될 수 있었다. 그러나 오늘날 과연 누가 port/dort와 pore/dore의 차이를 감지할 수 있을까? 그래서 아폴리네르는 전통적인 각운 교대를 모음운(마지막 소리가 모음인 것: ton/prison)과 자음운(마지막 소리가 자음인 것: port/dore)의 교대로 대체하자고 제안하였다.

─각운이 문자가 아닌 소리에 기초해 있다고 해도, 귀뿐만 아니라 눈도 만족시키도록 각운을 정해야 한다. 구체적으로 말해서 마지막 자음이, 비록 들리지는 않는다 하더라도 동일해야 하며, 아니면 최소한 연음시 동일하게 발음되어야 한다. (예를 들어 x와 s는 연음시 모두 /z/로 발음된다.) 이 규칙은 종종 잘못 해석되어, 문자상으로만 각운을 맞추어도 되는 것으로 생각되기도 하였다. 그러나 실제로는 문자상의 각운 대부분이 예전의 음성 각운에서 유래한 것이다. 일례로 노르망디 각운(lever/mer)은 그 이

름을 동사 원형의 마지막 /r/를 발음하던 옛 노르망디 지방 발음 법에서 얻은 것이다.

각운의 풍부함

풍부한 각운과 빈약한 각운의 개념은 시대에 따라 변해 왔다. 오늘날의 개념은 기억하기 쉬운 간단한 방법에 의지하고 있다. 각운이 모음(V)에 기초하고 있고, 자음(C)은 이따금 모음을 지지하는 역할을 하므로 모음에 2점을 주고, 자음에 1점을 주도록 한다.

—2점이면 빈약한 각운이다.

　V: chenu/vu

—3점이면 충분한 각운이다.

　V+C: canal/cheval

　C+V: canaux/chenaux

—4점이면 풍부한 각운이다.

　C+V+C: chenal/canal

　C+C+V: musqué/risqué

　V+C+C: risque/disque

　V+V: inouï/joui

—5점 이상은 아주 풍부한 각운이다.

그런데 이러한 구분은 별로 타당성이 없다. 왜냐하면 각운의 직접적인 환경이 고려되지 않았기 때문이다. 예를 들어 copain과 coquin은 빈약한 각운이지만, 음소 하나를 제외하고는 두 단어 가 유사하다.

각운의 종류

각운이 생기려면 최소한 두 개의 시구가 있어야 한다. 각운은 자신이 위치하고 있는 시구를 구축할 뿐만 아니라 자신과 운을 맞출 시구를 기대하기도 한다. 즉 각운은 시를 조직하는 데 기여한다. 우선 세 가지의 기본적인 배열 유형에 입각하여, 이보다 좀 더 복잡하기도 하고 더러는 덜 복잡하기도 한 여러 가지 각운 체계를 생각해 볼 수 있을 것이다.

—평운 혹은 연속운: AABB

> Je chante les combats et ce prélat terrible
> Qui par ses longs travaux et sa force invincible,
> Dans une illustre église exerçant son grand cœur,
> Fit placer à la fin du lutrin dans le chœur
> (브왈로, 《보면대》)

—교차운 혹은 교운: ABAB

> Vous connaissez que j'ai pour mie
> Une andalouse à l'œil lutin
> Et sur mon cœur, tout endormie,
> Je la berce jusqu'au matin.
> (뮈세, 〈후작 부인〉)

—포옹운: ABBA

> Tu sens le vin, ô pâte exquise sans levain.
> Salut, Ponchon! Salut, trogne, crinière, ventre!
> Ta bouche, dans le foin de ta barbe, est un antre
> Où gloussent les chansons de la bière et du vin.
>
> (장 리슈팽, 〈라울 퐁숑에게〉)

시구 내의 각운

각운에 의해 시구 말미간의 음성적 관계가 짜여진다. 게다가 각운은 시구 내부에서 메아리를 만들어 주고, 그럼으로써 운율적 리듬을 더욱 풍부하게 해주는 이차적 리듬을 구성해 준다. 대수사파들은 이 기법을 철두철미하게 활용하여서, 그들이 사용하던 기법 가운데 몇몇은 원래 명칭으로든 그렇지 않든간에 지금까지도 살아남아 있다.

—첨가운(rime annexée): 각운이 다음 행의 서두에 다시 쓰인다.

예) Allons de compagn*ie*;
> S*i* le maître des dieux assez souvent s'ennu*ie*,
> L*ui* qui gouverne l'univers⋯⋯
>
> (라 퐁텐, 〈원숭이와 표범〉)

—내운(rime interne): 한 시구의 두 반구(半句)의 운을 맞춘다.

예) Au joug nous sommes n*és* et n'a jamais *été*
Homme qu'on ait vu vivre en pleine liberté
(레니에, 〈궁정의 삶〉)

—곡예 각운(rime batelée): 한 시구의 마지막과 다음 시구의 첫번째 반구의 운을 맞춘다.

예) Plus [me plaît] mon petit Lyré, que le mont Pala*tin*:
Et plus que l'air mar*in* la douceur Angevine
(뒤 벨레, 《망향》, XXXI)

—파운(rime brisée): 첫번째 반구들의 운을 맞춘다.

예) [comme si] Voulant pour cirque l'*ombre*, ils provoquaient d'en bas,
Pour on ne sait quels f*iers* et funèbres combats,
Dans le champ s*ombre* où n'ose aborder la pensée,
La sinistre vis*ière* au fond des cieux baissée.
(빅토르 위고)

4. 시 절(詩節)

시구와 시 사이에는 어떤 매개 구조가 있는데, 그것이 바로 절(strophe)이다. 절은 시구의 수뿐만 아니라 사용된 운율의 유형,

각운의 배치에 의해서 특징지어진다. 절을 구성하기 위해서는 각
운의 도식이 완벽하여 각각의 시행이 대구행을 가져야 하며, 동
일한 형식의 절이 시 안에서 반복되어야 한다. 몇 가지 유형의 절
이 교차된다면, 규칙적으로 교차되어야 한다.

그러므로 절은 산문의 문단 이상이다. 프랑스 시에서 절이 갖
는 중요성을 가늠해 보기 위해서는 규칙성과 다양성을 겸비한
음악의 변주곡을 떠올려 보면 된다. 한 시의 절들은 안정된 운율
구조의 문학적 예시이다.

절의 이름은 시구의 수에서 따왔다. 2시구는 distique, 3시구는
tercet, 4시구는 quatrain, 5시구는 quintil, 6시구는 sixain, 7시구
는 septain, 8시구는 huitain, 9시구는 neuvain, 10시구는 dizain,
11시구는 onzain, 12시구는 douzain이라 한다. 다음은 라마르틴
의 절이다.

> Lorsque du créateur la parole féconde,
> Dans une heure fatale, eut enfanté le monde
>   Des germes du chaos,
> De son oeuvre imparfaite il détourna sa face,
> Et d'un pied dédaigneux le lançant dans l'espace,
>   Rentra dans son repos.

이 절을 설명하라면, 12음절과 6음절로 된 이(異)운율적 시구
(12/12/6/12/12/6)의 6연구이며, 각운 구성은 aaBccB로 되어
있다(관례적으로 남성운에는 대문자를, 여성운에는 소문자를 쓴다)
고 말할 수 있을 것이다.

엄격한 조직 구성으로 인해, 절(strophe)은 반해음 시구에 시구의 수도 일정치 않은 중세 시의 절(laisse)과 구별된다. 그렇지만 일상 어휘로서 우세한 것은 strophe라는 용어이다. 현대 시에서 시구의 수나 성격이 어떻든간에, 앞뒤로 한 줄씩 여백을 둠으로써 따로 떼어지는 시구군을 지칭할 때는 이 용어를 쓰는 것이 바람직할 것이다.

5. 정형시

정 의

절이 기초하고 있는 정렬 원칙이 텍스트 전체에까지 확대 적용될 수 있다. 시인이 절들의 성격·순서·수와 관련하여 미리 세워둔 어떤 도식(시구의 수에 상관하지 않고, 끝없이 반복되는 도식이 아닌 한)을 적용하면, 하나의 시 정형이 만들어진다.

정형시의 종류

정형시들은 중세에 운율법이 단순히 기억의 한 방편으로 쓰이던 서사적인 무훈시에 대한 반동으로, 어떤 예술적 요구에 의해 태어났다. 그러나 미리 완벽하게 만들어진 구조의 적용은 시를 경직화시킬 위험이 있다. 정형 구조는 뛰어난 솜씨를 발휘할 기회가 되든가, 아니면 훨씬 더 많은 경우에 좋은 각운 사전을 도용하는 계기가 된다. 그러므로 시대와 작가에 따라서 시 정형은 문학적 이상에 도달하는 방법이 되기도 하고(보들레르와 말라르메의 소네트 참조), 작시법의 기계적인 화신이 되기도 한다.

정형시의 황금 시대는 롱도(rondeau) · 발라드(ballade) · 궁중가(le chant royal) · 트리올레(triolet) · 비를레(virelai) 등이 성행하던 중세말이었다. 르네상스 시대와 그 족적을 그대로 따라간 17세기에는 빌라넬(villanelle) · 소네트(sonnet) · 오드(ode)가 선호되었고, 19세기에는 말레이시아의 팡툼(pantoum, 두 개의 주제가 평행해서 계속되는 4행시)이 도입되었다. 이러한 형식들의 대부분이 역사가나 문학적 진귀품 애호가 외에는 거의 관심을 끌지 못했고, 16세기에 이탈리아에서 수입된 소네트만이 프랑스 시의 주요 장르 중 하나로 자리잡았다. 이에 대한 보다 자세한 설명은 앙리 모리에의 《시학 및 수사학 사전》[6]을 참고하기 바란다.

소네트

Heueux qui, comme Ulysse, a fait un beau voyage,
Ou comme cestuy là qui conquit la toison,
Et puis est retourné, plein d'usage et raison,
Vivre entre ses parents le reste de son aage!

Quand revoiray-je, helas, de mon petit village
Fumer la cheminee, et en quelle saison
Revoiray-je le clos de ma pauvre maison,
Qui m'est une province, et beaucoup d'avantage?

Plus me plaist le sejour qu'ont basty mes ayeux,

Que des palais Romains le front audacieux,

Plus que le marbre dur me plaist l'ardoise fine,

Plus mon Loyre Gaulois, que le Tybre Latin,

Plus mon petit Lyré, que le mont Palatin:

Et plus que l'air marin la douceur Angevine.

(뒤 벨레, 《망향》, XXXI)

소네트는 두 개의 4시구와 한 개의 6시구로 구성된 14행시이다. 일반적인 각운 구성은 abba abba ccdeed, 혹은 abba abba ccdede이다.

마지막 6시구는 오늘날에는 두 개의 3시구가 병치된 것으로 인식되고 있지만, 각운의 측면에서 보면 이 3시구들은 모두 완전하지 못하며(가능한 3연구의 각운 구성은 ccc 혹은 ddd뿐이다) 하나의 절을 이루지 못하고 있다. 그리하여 뒤 벨레는 11행과 12행 사이에 아무런 통사론적 휴지도 부여하지 않고 있다. 6시구 내에 어떤 단절을 두어야 한다면, 평운으로 되어 있는 2행(9-10행)과 포옹운(deed)이나 교운(dede)으로 되어 있는 4행(11-14행) 사이에 두는 것이 보다 적절할 것이다.

6 · 운율적 리듬

시구의 운율적 리듬

시구가 8음절 이상으로 이루어져 있을 때, 또 하나의 시구 구성 요소가 있는데 그것이 바로 시구 자르기(coupe), 혹은 휴지(césure)이다. 이것은 시구 내에서 아주 작은 운율적 단위를 만들어 내며, 그로써 내적 리듬을 가져다 준다. 즉각적으로 인식되어야 하는 이러한 운율적 자르기는 정형화되어 있다. 예를 들어 10음절은 4/6으로 나누어지거나,

> Le vent se lève!…… // Il faut tenter de vivre!
> L'air immense ouvre // et referme mon livre
> (발레리, 〈해변의 묘지〉)

혹은 6/4로 나누어지거나,

> Et l'amertume est douce, // et l'esprit clair
> (발레리, 〈해변의 묘지〉)

아니면 비고전주의적 시에서는 5/5로 나누어지기도 한다.

> J'ai dit à mon cœur, // à mon faible cœur:
> N'est-ce point assez // d'aimer sa maîtresse?
> (뮈세, 〈노래〉)

앞의 두 양식은 두 가지 리듬을 들리게 하는 이점을 가지고 있다. 한 시구를 보느냐, 아니면 한 시구의 두번째 반구와 다음 시구의 첫번째 반구를 보느냐에 따라서 4/6으로 들리기도 하고,

6/4로 들리기도 한다.

고전적인 알렉상드랭(12음절)의 경우에는 의무적으로 한가운데에 휴지를 주어야 한다.(6/6)

> Etoile de la mer, // voici la lourde nappe
> Et la profonde houle // et l'océan des blés
> (폐기, 〈샤르트르 성당에서 보스의 봉헌〉)

통사가 운율과 들어맞지 않는 경우, 시구가 한 행에서 끝나지 않고 다음 행까지 걸치는 현상이 나타나게 된다. 이 경우 하나의 통사 그룹이 하나의 운율을 넘어서 또 다른 운율에 걸리게 된다.

> Je fais souvent ce rêve étrange et pénétrant
> D'une femme inconnue, et que j'aime, et qui m'aime
> (베를렌, 〈친숙한 나의 꿈〉)

행걸침이 항상 한 행과 다른 행 사이에 일어나는 것은 아니다. 시구 자르기가 반드시 존재한다는 전제하에서, 동일한 한 행 내에서 두 개의 하위 메트르 사이에 일어나기도 하는데, 이것을 내적 행걸침이라 한다.

> Ce voleur acharné, cet Esaü malheureux (……)
> Si que, *pour arracher à son frère la vie*,
> Il méprise la sienne et n'en a plus d'envie
> (오비녜, 《비가》)

다른 리듬 단위로 전가된 통사 부분이 하나의 반구 내에 있을 때에는

—전가된 부분이 뒤쪽이면 르제(rejet)라는 용어를 쓰고,

La poésie au front triple, qui rit, soupire
Et chante; raille et croit; que Plaute et que Shakespeare
Semaient, l'un sur la plebs et l'autre sur le mob,
(빅토르 위고, 〈기소장에 대한 답변〉)

—전가된 부분이 앞쪽이면 콩트르 르제(contre-rejet)라는 용어를 쓴다.

Douces colonnes, aux
chapeaux garnis de jour……
(발레리, 〈원주에 대한 찬가〉)

메트르와 통사

행걸침의 문제는 전문적이고 시대에 뒤떨어진 문제처럼 보이지만, 작시법의 근본적인 문제들 중 하나와 맞닿아 있다. 운율적 리듬과 그외의 시 텍스트에서 감지되는 리듬들(여기서는 통사적 리듬)이 반드시 일치해야만 하는가?

두 가지 관점이 있는데 이를 살펴보면,

1. 운율적 리듬이 주된 리듬이므로 그것이 다른 리듬들을 지배해야 한다. 이것이 시의 구성 요소들간의 가장 완벽한 대응관

계를 추구했던 고전주의자들의 입장이다. 대신에 이러한 획일성이 유발시킬 수도 있을 답답함을 피하기 위해 리듬적 요소들 중 특정한 한 요소를 지나치게 강조하지 말도록 권고하였다. 그리하여 지나치게 풍부한 각운이나 무거운 통사 형태는 금지되었다. 이러한 특징들에 힘입어 17세기의 알렉상드랭은 구성이 탄탄하고, 사람들이 즐겨하는 표현으로 청각적이다. 비극 배우들의 삿 갓형 낭독법은 고전 시의 규칙성을 더욱 강조해 주었다. 다시 말해서 목소리가 중간 휴지까지 올라가다가, 일곱번째 음절부터 열번째 음절까지는 내려간다.

예) Tout m'afflige et me nuit, et conspire à me nuire

    (라신, 《페드르》, 1막 2장)

그러나 이러한 알렉상드랭의 양분은 음절수의 제약을 더욱 강화시켰고, 대조법과 같은 편리한 자동성을 조장하였다.

예) J'ai voulu me venger, et n'ai pu le haïr

    (코르네유, 《세르토리우스》, 5막 1장)

2 운율적 리듬이 기본적인 리듬이기 때문에 굳이 다른 리듬들과 경쟁할 필요가 없다. 시의 뼈대를 구성하는 운율적 리듬은, 그것이 텍스트의 다른 측면들과 무관하게 존재하므로 더욱더 잘 눈에 띈다. 특히 낭만주의 시인들이 운율적 리듬을 완화시킨 리듬 나누기를 실행하였다.

예) Sabrez le droit, / sabrez l'honneur, / sabrez la loi
      4   4   4

(빅토르 위고, 〈녹스〉)

Je fais souvent / ce rêve étrange / et pénétrant
      4   4   4

(베를렌, 〈친숙한 나의 꿈〉)

위의 두 예에서 알렉상드랭은 6음절짜리 두 반구가 합쳐서
된 것이 아니라, 세 개의 동일한 분절체가 모여서 구성된 것처
럼 보인다. 이것이 바로 **낭만주의식 3음격**(trimètre romantique)
이다. 그러나 전통적인 운율적 휴지가 한 단어의 끝과 맞아떨어
지기 때문에 두 가지로 읽힐 수가 있다.

예) Je fais souvent ce rêve / étrange et pénétrant

결국 이 두 리듬은 공존하고 있으며, 어떤 것을 우선적으로 선
택할 것인가는 각자의 해석에 따라 독자가 해야 할 일이다.
이론적인 휴지가 한 단어의 중간에 오면서, 운율적 리듬은 새
로운 단계로 넘어가게 된다.

예) Jamais nous ne travaillerons, ô flots de feux
    1 2   3   4   5 6 7 8   9 10 11 12

(랭보, 〈새로운 시구들〉)

예) Il n'est d'appréhension monumentale qui ne
    M'ait roulé dans sa farine d'aperçus histo-

Riques me faisant perdre des secondes de
Préciosité peut-être?
(드니 로슈, 〈그것은 금지다〉)

같은 맥락에서 아라공은 한 시행의 끝과 다음 시행의 앞을 각
운으로 간주하는 걸치기운(rime enjambante)을 옹호하였다.

예) Ne parlez plus d'amour, j'écoute mon coeur *battre*······
　　Ne parlez plus d'amour. Que fait-elle là-*bas*
　　*T*rop proche et trop lointaines ô temps martyrisé······
　　(아라공, 〈줄 없는 짧은 속편〉《단장(斷章)》)

단어찾기가 곧 운맞추기가 되는 것을 피하게 해주는 이 기법
은 작문의 융통성을 엄청나게 증가시켰다. 그러나 시행의 음절
조직은 여전히 보존되고 있다.

ㄱ. 강세: 신화와 현실

명확한 설명을 제공하려 애쓰다 보니, 우리는 지금까지 리듬
이 음절과 휴지의 문제로 국한되어 있다고 믿는 척하였다. 그러
나 이것은 정말 터무니없는 일이다. 이러한 믿음은 리듬적 측면
에서 모든 음절의 가치가 다 동일하고, 시 낭독은 시의 의미에 전
혀 구애를 받지 않는다는 것을 전제로 하기 때문이다. 마찬가지
로 최근에는 음악의 리듬과 시의 리듬을 동일시하고, 음절을 마

치 솔페지오의 2분음표나 4분음표와 같이 하나의 측정 단위로 만들려는 시도가 있었다. 이 또한 불가능하다. 서로 다른 두 음절은 그 어떤 공통의 척도도 가지고 있지 않을 뿐 아니라, 동일한 음절도 수없이 많은 방식으로 음성화될 수 있기 때문이다. 예를 들어 8음절 시에 대하여 우리가 말할 수 있는 것은, 8음절 시는 그 정의상 여덟 개의 음절 위치를 가지고 있다는 것이 고작이고, 다른 것에 기반을 두고 있는 시의 리듬 조직에 관해서는 그것에서 아무것도 추론해 낼 수가 없다. "구태의연한 작시법 규칙이 도미노게임 한판이라면, 시적 리듬의 불가사의한 규칙은 동시에 리드하고 있는 장기 10판이다."(장 콕토, 《직업의 비밀》)

그 불가사의의 일부는 바로 강세의 개념에 들어 있다. 먼저 운율적 체계를 다음의 네 가지로 나누어 생각해 볼 수가 있다.

―양적 체계(음절의 길이에 의거한),

―음조적 체계(소리의 높이에 작용하는, 로만어들에는 존재하지 않는),

―강세적 체계(강세가 붙은 음절의 회귀가 나타내 주는),

―음절적 체계.

앞의 두 가지는 프랑스어에 거의 적용이 불가능하다. 음절과 강세가 남는데, 프랑스어의 강세에 대해서는 좀더 깊은 이해가 필요하다. 사실 오래 전부터 프랑스어에는 강세가 존재하지 않으며, 프랑스 시의 모든 어려움은 바로 이 강세상의 약점에서 비롯된다고 이야기되어 왔다.

하지만 프랑스어에는 강세가 존재한다. 그러나 그것은 단어의 변별 자질이 아니다. 즉 génial이라는 단어에서 gé-에 강세를 주건 -nial에 강세를 주건 상관없이, 이 단어를 알아들을 수 있다. 강

세는 종결 강세를 제외하고는 표현적 요소이다. 종결 강세는 항
구적이며 음운론적 단어——단 한 번의 발성으로 발음되는 단어
들의 집합——의 마지막 음절——단 모음이 무강세음 e가 아닌
음절——에 온다.

예) Il est là?
　　Il est là-bas?
　　Il est là-bas lui?

위에서 볼 수 있듯이, 종결 강세는 이동적 강세이다. 비록 종
결 강세가 의미에 의거해 있다 해도, 그것은 자신이 속해 있는
음절에 의해 자동적으로 결정된다. 목소리는 강세가 있는 음절까
지 점점 올라갔다가 다시 내려오며 계속 이렇게 반복된다.

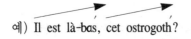

예) Il est là-bas, cet ostrogoth?

따라서 모든 운율적 휴지는 필연적으로 하나의 강세를 만들어
낸다.

예) Pleurez, doux alcyons, // ô vous, oiseaux sacrés
　　(셰니에, 〈젊은 타랑틴느〉)

그러나 이 경우에도 거의 모든 알렉상드랭과 마찬가지로, 통
사는 반구 내부에서 부가적인 휴지가 일어나도록 해준다.

예) Pleurez, / doux alcyons, // ô vous, / oiseaux sacrés

독일 시의 경우에 비추어 몇몇 이론가들은 알렉상드랭이 두 개의 부동 강세와 두 개의 유동 강세로 되어 있다고 보았다. 또는 고대 시들을 참조로 하여, 단장격의 4운율 시구로 보는 이들도 있었다. 이러한 견해들은 여러 가지 면에서 문제점을 지니고 있다. 하나의 운율 규칙(시행의 끝이나 반구의 끝)을 하나의 통사 구문(단어들의 집합)과 동일시한다거나, 그리스-라틴 시들의 메트르는 장·단음절의 일정한 숫자에 의해 정의되는 반면, 프랑스 시의 '단장격' 리듬은 매우 가변적이어서, 그 개념의 용도가 확실치 않다는 문제점들을 가지고 있다.

특히 다음과 같은 또 다른 강세들이 프랑스어의 발음법에 끼어들고 있다.

—통사론적 강세(l'accent d'outil syntaxique) : 절의 통사적 이해에 반드시 필요한 낱말들을 강조하는 것.(부정어·의문사 등)

예) qui est là?

—첫음절 강세(l'accent de début de mot) : 낱말이 길고, 낱말의 경계를 인식케 하는 것이 중요하면 할수록 더욱 두드러진다.

예) un rhinocéros

—강조 강세(l'accent d'insistance) : 낱말의 첫번째 자음에 오는 강세.

예) je suis malheureux.

게다가 시인 혹은 낭독자는 음향 효과를 고려하여, 특히 음소가 반복될 때 특정 음절을 강조할 수도 있다. 셰니에의 시구를 다시 한 번 보자.

Pleurez, doux alcyons, ô vous, oiseaux sacrés
   1   2   3   45 6   7   8   9 10   11 12
   (울어라, 온순한 알시옹들이여, 오 그대들 신성한 새들이여)

2, 6, 8, 12음절 외에, 강한 감정적 가치를 지닌 'pleurez'의 자음군 /pl/(1)과, 'alcyons' [7]이 연상시키는 '고통'과 대비를 이루는 'doux'(3), 감탄사 'ô'(7)와 이에 화답하는 'oiseaux'의 /o/(10)에 강세를 주는 것이 좋을 것이다. 같은 음성적 이유로 해서, 'oiseaux'(9)와 'sacrés'(11)의 두 /a/ 소리와, 마치 이 두 /a/를 준비하는 듯한 'alcyons'(4)의 /á/도 들리도록 해야 할 것이다. 요컨대 모든 음절에 강세를 둘 수 있고, 이렇게 모든 단어의 모든 음절에 중요성을 부여할 수 있다는 사실은, 《유식한 여자들》의 아르망드와 벨리즈가 말하는 문학적 황홀경을 연상시킨다.

트리소탱
"그것(열병)을 나오게 하라, 누가 뭐라 하든,
당신의 호사스런 방에서
그 몹쓸 열병이 무례하게
당신의 아름다운 삶을 공격하고 있네."

벨리즈

아! 하나하나 다 감미로워요, 선생님, 잠깐 숨을 돌리게
해주세요.

아르망드

우리에게 감탄할 시간을 주세요.

TRISSOTIN

"Faites-la sortir, quoi qu'on die,

De votre riche appartement,

Où cette ingrate insolemment

Attaque votre belle vie."

BÉLISE

Ah! tout doux, laissez-moi, de grâce, respirer.

ARMANDE

Donnez-nous, s'il vous plaît, le loisir d'admirer.

(몰리에르, 《유식한 여자들》, 3막 2장)

몰리에르가 그의 작품에서 이렇게 자주 시를 풍자했다는 것
은 이상한 일이다. 왜냐하면 시란 우선적으로 목소리와 소리, 그
리고 그 소리가 지닌 의미에 지속적으로 주의를 기울이는 것이
고, 리듬은 이 언어 영성체의 의식(儀式)을 형성하고 있기 때문
이다. 리듬은 음악적·예술적인 한 특성이 아니라 낱말을 충만
하게 들리게 하기 위한 고품질의 침묵인 것이다. "시인에게 있
어 생각에 선행하고 그 생각을 인도하는 것은 단어이고, 또한 그
단어에 선행하고 그것을 불러들이는 것은 바로 소리이다. 그러

나 이 모든 것의 최초의 원천은, 비록 아주 희미한 것일지라도, 리듬이다. 글을 쓰고 있는 사람이 약간은 시인의 자질을 가지고 있다는 전제하에, 그 시인이 조금이라도 노래할 줄 알고 음악적이라면 말이다."(피에르 르베르디, 《뒤죽박죽》, 1956)

모든 음절에 강세를 놓는다는 것이 도를 지나쳐서, 결국 강세의 효과를 없애 버리게 되는 것은 아닌가? 그렇지 않다. 단 음절에 동일한 강세를 주지 않는다는 조건이 붙는다. 자신의 시 해석을 표현하기 위해 독자는 길이와 강도의 이중 척도에 의해 낭독법에 변화를 줄 수 있다. 시에 '리듬붙이기'가 각자가 그 시에 대해 행한 주관적인 해석에 속하는 것임을 실감하면서도 우리는 다음과 같은 딜레마에 봉착하게 된다. 분석하기는 쉬우나 의미가 빈약해지는 운율적 리듬을 고수할 것인가, 아니면 리듬에서 모든 서술적 효과가 없어질 위험을 무릅쓰고 리듬의 모든 측면을 고려할 것인가? 실제에 있어서 어떤 타협점을 찾아야 할 것이다. 즉 운율 구조를 기초로 하여 한정된 수의 강세 음절을 두어 그 구조의 뉘앙스를 살리고, 그런 다음 입증하기 힘든 다른 리듬 구조들을 잘 관찰하여 이 기초적인 작업을 풍요롭게 해야 할 것이다.

8. 몇 가지 독특한 리듬 문채

리듬은 박자와 그 박자의 부정(否定)에서 동시에 태어난다. 강세 음절과 비강세 음절의 절도 있는 연속이 기초가 되어, 이러한 기계적인 교대 구조를 깨뜨리는 리듬 문채가 만들어진다. 리듬은 규칙성의 파기이며, 규범으로부터의 이탈이다. 프랑스 시에는 이중의 규범, 즉 약박 뒤에 강박(즉 강세가 붙은 음절)이 온다는 규범과 강박 뒤에는 휴지가 온다는 규범이 있다. 무강세음 e와 인접 강세(contre-accent)는 몇 가지 흥미로운 규칙 위반을 초래하는데, 그 규칙 위반이 곧 리듬 문채가 된다.

시구를 자를 때 생략되지 않는 무강세음 e

Ils franchissent, foulant l'hydre et le stellion……
(에레디아, 〈켄타루스의 도주〉)

위의 시구는 어디서 잘라야 하는가? 통사상의 논리나 구두점의 위치로 보면, 'franchissent'의 무강세음 e 다음의 쉼표에서 휴지를 두는 것이 좋을 것이다.

Ils franchissent, / foulant l'hydre et le stellion……

그러나 서정적 자르기(coupe lyrique)라 불리는 이러한 자르기는, 강세 없는 음절 뒤에 옴으로써 일반 규칙에 어긋나게 된다. 따라서 다음과 같이 자르려 할 것이다.

Ils franchi / ssent, foulant l'hydre et le stellion……

이러한 걸쳐 자르기(coupe enjambante)는 다음을 짧고 약한 음절로 시작하게 만들고, 시구를 길게 늘여 주며 부드럽게 해준다.

이같은 이유로 해서, 시인들과 이론가들이 이러한 자르기를 선호한다. 에레디아의 시구에 이러한 자르기를 적용하면, 3/3//1/5 타입의 운율 리듬이 생기게 되면서, 첫번째 반구의 규칙성이 두번째 반구의 불균형과 대조를 이루게 된다. 이러한 자르기는 한 단어의 내부에 위치하고 있으므로 진정한 휴지가 아니라, 어조의 급격한 하락을 동반한 음성의 약화이다. 서정적 자르기나 걸쳐 자르기나 원칙을 완벽하게 지키고 있지는 않다. 고전 운율에서 무강세음 e가 중간 휴지의 양쪽, 즉 6음절이나 7음절 자리에 오지 못하게 금하고 있는 것도 바로 이 때문이다.

사실은 19세기 후반에 와서야 서정적 나누기의 리듬 효과가 인식되기 시작하였다. 프랑스 시의 어조는 상승 어조이다. 어조의 하락은 나누기에 위치함으로써 슬쩍 감추어진다. 서정적 나누기는 강박에서 약박으로의 이행을 실제로 들을 수 있게 해주고, 정상적인 발음법을 방해하는 유일한 나누기 방식이다. 바로 이 때문에 말라르메는 이 나누기 방식을 유달리 좋아하였고, 다음의 시구에서 보듯이 강한 구두점 전에 위치한 무강세음 e가 이를 증명해 준다.

La tienne si toujours le délice! / la tienne……
Sur les crédences, au salon vide : / nul ptyx……

인접 강세 (Le contre-accent)

강박과 약박의 교대를 느끼게 하는 보다 과격한 방법은, 두 개 이상의 강세 음절이 연속되게 함으로써 강박과 약박의 교대를 임

시적으로 없애는 것이다. 목소리가 무거워지는 이 순간들은 매우 강력한 의미론적 가치를 지닌다. 종결 강세에 선행되는 이 강세들은 인접 강세라고 불리었다.

예) Beauté, mon beau souci, de qui l'âme incertaine
    A comme l'Océan, son flux et son reflux,
    Pensez de vous résoudre à soulager ma peine,
    Ou je me vais résoudre à ne le souffrir plus.
    (말레르브, 〈약속뿐인 한 여성을 떠나는 계획〉)

협박 섞인 사랑의 초대인 말레르브의 이 4행 시는 전혀 독창적이지 못하다. 그러나 첫번째 반구 전체에 강세가 옴으로써, 엄청난 리듬적이고도 의미론적 밀도를 지니고 있다.

    Beauté, /mon beau souci //
      1   2   3   4   5 6
    (참고: 인접 강세는 연결 부호 ⌣ 와 강세의 증가하는 숫
    자로 표시하였다.)

통사 그룹의 끝이나 반구의 끝에 위치한 두번째 음절과 여섯번째 음절은 원래 강세를 받는 음절이다. 첫번째 음절은 돈호법이 관계되어 있으므로——그러나 문법적으로는 3행에 가서야 돈호법인 줄 알 수 있다——강세를 받고, 또 다른 사랑의 주인공이자 화자를 나타내는 소유형용사 'mon'도 당연히 강세를 받는다. 그리고 다섯번째 음절과 여섯번째 음절은 자음운을 맞추고 있다.

('souci') 'souci'란 낱말 자체도 의미가 풍부하다. 무언가를 하기 위해(여기서는 'aimer') 사람들이 하는 배려와, 그로 인해 유발되는 근심을 동시에 의미하고 있다. 이러한 의미의 모호함이 시의 열쇠가 된다. 마지막으로 'beau'는 다음의 세 가지 이유에서 강세를 받는다.

1. 첫번째 음절의 반복
2. 'mon'과의 의미론적 연관성(mon=말레르브; beau=사랑하는 여인)
3. 'souci'와의 모순어법적 관계

ㄴ. 운율적 시와 리듬적 시

다시 한 번 정리해 보자. 시를 논함에 있어 운율과 리듬을 빼놓을 수가 없다. 리듬에 관한 논의는 운율보다 나중에 시작되었으나, 리듬이 운율을 대체했다기보다는 리듬이 운율에 덧붙여졌다고 볼 수 있다. 반면에 여러 가지 사실들을 관찰해 보았을 때, 오늘날 두 개의 시 개념이 존재하고 있음을 확인할 수 있었다. 음절적 운율이 주재료인 운율시와, 운율에서 벗어난 리듬시가 그것이다. 리듬시에 있어서 리듬은 두 가지 방식으로 이해된다. 즉 시 텍스트를 여러 개의 강세군들로 구조화하는 것으로 보거나, 혹은 의미하는 파롤(parole signifiante)과 동일시된다.

4

음성학과 시학

음성에 대한 연구는 흔히 단정적인 긍정과 결정적인 단죄로 귀결되곤 하였다. 음소의 의미론적 가치는 아주 미약하다 못해, 제쳐 놓아도 될 정도라고 판단되어 왔다. 몇몇 이들은 음소에 의거한 해석 작업은 전부 터무니없으며, 하염없이 플라톤의 《크라틸로스》를 들먹이는 자들의 순진한 이상주의에서 비롯된 것이라고 단정하였다. 그러나 대부분의 사람들에게 있어서는, 모든 언어적 언술들을 편리한 코드로 바꿔 쓸 수 있게 해주는 이 국제적인 음성 기호에 대한 해박한 지식이 어떤 개념적 도구의 역할을 하고 있다.

　사실 우리의 언어를 명확하게 분석해 내기에는, 우리가 사용하고 있는 언어가 너무 친숙한 동시에 너무 낯설다. 유아기 때부터 습득된 언어는 우리와 거의 한몸을 이루고 있어서, 보다 나은 이해를 위해 언어와 거리를 둔다는 것이 우스워 보이기까지 한다.

　철학선생 　다섯 가지의 모음 또는 소리가 있습니다. 아 · 에 · 이 · 오 · 우.
　주 르 댕 　다 압니다.
　철학선생 　아 소리는 입을 아주 크게 벌려 소리냅니다. 아(A).
　주 르 댕 　아, 아. 맞아요.

철학선생 에 소리는 아래턱과 위턱을 접근시킴으로써 이루어집니다. 아(A)·에(E).

주 르 댕 아·에·아·에. 맙소사, 이렇게 아름다울 수가!

철학선생 이 소리는 아래위턱을 더 모으고, 양쪽 입을 귀쪽으로 당기면 됩니다. 아(A)·에(E)·이(I).

주 르 댕 아·에·이·이·이·이. 정말 그렇군요. 과학 만세!

(몰리에르, 《부르주아 귀족》, 2막 4장)

　그렇지만 언어를 사용하는 사람들의 대부분은 그 언어의 사용 가치만을 인식할 뿐이다. 즉 알아듣고, 알아듣게 말할 줄만 알았지, 소리를 듣는다거나 그 소리가 목이나 입 그리고 코에서 어떻게 형성되는가를 느끼지는 않는다. 모국어에 관심이 없는 그들은, 마치 노력 끝에 절대 귀로는 즐길 수 없는 대략의 소리들을 낼 수 있게 된——대신 이들은 조음 과정에 대해서는 매우 잘 알고 있다——귀머거리·벙어리들과 같다.

　결국 진짜 문제는 인식의 문제이다. 오늘날 음성학의 덕분에 소리를 여러 가지 화성음들로 분해하고, 소리의 높이나 강도를 계산하며, 발성기관을 통해 나온 호흡의 진로를 추적할 수 있게 되었다. 그러나 이 물리적인 실체로부터 우리는 정확히 무엇을 인식하는가? 시학적 현상에 효과적으로 개입하는 것은 말의 어떠한 측면인가? 시인은 어느 정도까지 자신의 언어와 목소리를 제어할 수 있는가? 이러한 물음들 앞에서 우리는 로만 야콥슨이 말한 '잠재된 언어학적 구조'를 꿈꾸게 된다. 저자나 독자 자신도 모르게, 의식의 저편에서 시에 작용하는 그러한 언어 구조를 말이다. 그러한 경지에 다다르기 전에, 확실한 사실들을 짚어 보고

넘어가는 것이 좋을 것이다.

1. 프랑스어 음성들

음성은 숨을 내쉬는 순간에 만들어진다.(그림 1 참조) 공기는 첫번째 공명기관 후두를 통과하게 되는데, 여기에는 성대가 위치해 있어서 모음과 몇몇 자음을 소리낼 때에 이 성대가 서로 모아지면서 떨린다. 다음으로 공기는 입 뒤쪽에 위치한 인두, 정확히 말해 구강을 거쳐서 몇몇 소리를 내기 위해 비와(鼻窩)와 입술과 이 사이의 빈 공간에 의해 만들어진 순음기관을 돌게 된다. 또한 음소의 분절을 위해서는 입 뒤쪽으로부터 앞쪽으로 연구개(軟口蓋)·입천장·혀등·혀끝, 그리고 이와 입천장 사이, 이와 입술 사이에 위치한 우묵한 곳 등이 개입하게 된다. 이렇게 볼 때 소리를 내기 위해서는 많은 수의 기관들과 근육들이 작동해야 하며, 악기보다도 훨씬 복잡한 메커니즘을 거쳐야 한다.

모음들

모음은(도표 [1α] 참조, p.128) 성대를 사용하고, 성문(聲門)에서 입 외부에 이르기까지 공기가 순환하는 통로를 벌림으로써 소리나며, 다음의 네 가지 요소에 따라 서로 구분된다.

─구강모음/비모음: 공기가 전적으로 입만을 통과할 때, 그 모음은 구강모음이다. 반대로 공기의 일부분이 비와를 통과하게 된다면, 그것은 비모음이다.

─원순모음/비원순모음: 입술 모양이 동그랗게 되고, 아랫니와 윗니가 떨어지면 소리는 순음기관에서 공명하게 되고, 이때의 모음을 원순모음이라 한다. 입술이 귀 쪽으로 잡아당겨지고, 치아에 붙으면 비원순모음이다.

─전모음/후모음: 구강이 닫히지는 않으나 혀와 입천장이 가까워지면서 입 속의 어느 특정 지점으로 오므라들게 된다. 이러한 좁아짐이 입의 앞쪽에서 일어나면 전모음이고, 입의 뒤쪽에서 일어나면 후모음이다.

─열린 모음/닫힌 모음: 조음 장소나 입술의 위치가 어디건간에 입은 다소간 벌어져 있다. 사람들은 보통 구강의 넓이를 4단계로 구분한다.

도표 [1a]는 이 네 가지 기준에 따라 프랑스어의 16개 모음을 나누어 놓았다. 주르댕처럼 우스꽝스러울까봐 염려하지 말고, 이것을 연습하기 바란다. 그래야만 소리의 물리적·조음적 성질을 알게 되며, 언어학자들이 말하듯 음소가 언어의 최소 단위가 아니라 변별소들의 집합임을 인식하게 된다. 다음장에서 확인하게 되겠지만, 이러한 발견은 시 텍스트 분석에 있어서 매우 중요한 발견이다.

마지막으로 청각적인 관점에서 보면 모음은 그 음색(고음 혹은 저음), 다시 말해서 울림의 진동수에 의해 구별된다.

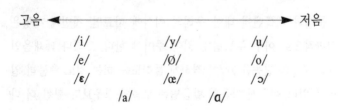

고음 ◄──────────────────────────► 저음		
/i/	/y/	/u/
/e/	/ø/	/o/
/ɛ/	/œ/	/ɔ/
/a/	/ɑ/	

자음들

자음에서는(도표 [1b] 참조, p.128) 음성기관을 거치는 공기의 통로가 극도로 좁아지며, 심지어는 임시적으로 폐쇄되기도 한다. 모음 조음의 받침점 구실을 하는 자음은 리듬에 결정적인 역할을 한다. 그러나 동일한 자음에 있어서, 문맥이나 발화자에 따라 구강의 폐쇄 정도가 달라진다.

예) —Je pars demain. (나 내일 떠나.)
　　—Demain? déjà? (내일? 벌써?)

응답문의 두 /d/가 첫번째 'demain'의 /d/보다 훨씬 더 명확히 발음되는 것은 분명하다. 게다가 자음을 발음할 때, 공기를 좀더 압축하느냐 혹은 덜 압축하느냐에 따라 동일한 시구라도 그뉘앙스가 바뀌게 된다.

예) Il pleure dans mon cœur
　　Comme il pleut sur la ville……
　　(베를렌, 〈잊혀진 아리에타〉, III)

문맥과 베를렌에 대한 우리의 지식에 따르면, 첫번째 시행은 일반적으로 아주 부드럽게 읽어 주어야 한다. 그러나 폐쇄음인 /p/ · /k/와 진동음 /r/이 격하게 들리도록 하는 것도 충분히 일리가 있다. 이렇게 자음의 발음법은 모음의 경우보다 훨씬 더 다양하고, 바로 여기서 시 텍스트 해석의 어려움이 연유한다.

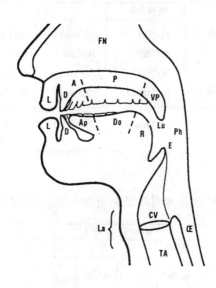

그림 1. 발성기관과 조음점(調音點)

L	입술	순음(labiales)	Do 혀등 설배음(dorsales)
D	이	치음(dentales)	R 혀뿌리
A	치구	치조음(alvéolaires)	Ph 인두 인두음(pharyngales)
P	입천장	경구개음(palatales)	La 후두 후두음(laryngales)
		전부경구개음(prépalatales)	CV 성대(성문) 성문음(glottales)
		후부경구개음(postpalatales)	유성음(voisées, sonores)
		반전음(rétroflexes)	FN 비와 비음(nasales)
VP		연구개연구개음(vélaires)	E 후두개
Lu		목젖(라틴어: uvula)	TA 기관(氣管)
		구개수음(uvulaires)	Œ 식도
Ap	설단(혀끝)	설단음(apicales)	

도표 [1α] 조음점에 따른 프랑스어의 16개 모음

		전	중간	후
		비원순음	원순음	
구강음	폐 음 ╱ ╲ 개 음	/i/(lit) /e/(dé) /ɛ/(fáit) /a/(salle)	/y/(vu) /Ø/(feu) /ə/(menɐ) /œ/(seul)	/u/(fou) /o/(beɑu) /c/(note) /ɑ/(bas, pâle)
비 음		/ɛ̃/(fáim)	/œ̃/(brun)	/õ/(bon) /ɑ̃/(blanc)

도표 [1b] 조음 방식과 조음 장소에 따른 프랑스어 자음

			양순음	순치음	치 음	치조음	경구개음	연구개음
조음 방식	폐쇄음	구강음	/p/ /b/[1]		/t/ /d/			/k/ /g/
		비음	/m/		/n/		ɲ (vɪgne)	
	협착음	중간음		/f/ /v/	/s/ /z/ (ose)	/ʃ/(chou) /ʒ/(joue)	/j/ (yeux) (œil)	
		설측음				/l/(las)		
		중간음 단타음						/R/ /r/[2]
원순반자음					/ɥ/(huile) 양순경구개음 /w/(oui) 양순경구개음			

[1]: /무성음/ /유성음/   [2]: 프랑스어에서 쓰이지 않는 굴리는 발음

*이 도표는 장 자프레 저서 《시구과 시》(Nathan, 1984)에서 인용한 것이다.

이러한 유보 조건하에, 자음은 다음의 다섯 가지 기준에 의해 정의된다.

—공기가 중단되지 않은 채 압축된다면, 그 자음은 협착음이거나 폐쇄음이다.

—대부분의 자음은 구강음이고, 세 개의 폐쇄비음만이 예외이다.

—성대가 울리느냐 아니냐에 따라 유성자음과 무성자음으로 나눈다.

—자음의 이름은 구강 통로를 닫는 데 쓰이는 기관명에서 따온다.

- 두 입술: 양순음
- 아랫입술과 윗니: 순치음
- 혀와 이: 치음
- 혀와 치조부: 치조음
- 혀와 입천장: 경구개음
- 혀와 연구개: 연구개음

—협착음은 다시 세 범주로 나누어진다. 공기가 **빠져** 나가면서 마찰을 일으키면 마찰음, 혀의 양옆을 지나가면 설측음, 진동을 일으키면 진동음이라 한다.

2. 음성적 상관성

시의 음성 재료에 대한 분석은 일반적으로 등가 원칙을 따르고 있다. 야콥슨이 정의한 바대로의 등가 원칙은 다음과 같다. "시적 기능은 선택의 축의 등가 원칙을 결합의 축에 투영한다."(《일반 언어학 시론》, I, 1963) 설명해 보자.

언어학적 언술은 등가를 이루는 단위들의 집합에서 선택된 요소들의 결합이라고 표현할 수 있다.

예) Le chat dévore la souris. (고양이가 쥐를 집어삼킨다.)

위의 다섯 단어는 소위 **통사론적 축**이라 부르는 수평축에 따라 서로 결합되어 있다. 우리는 이렇게도 말할 수 있을 것이다.

chat (고양이)
chien (개)
renard (여우)
Le train dévore la souris. (기차)

수직축은 통사론적 도식을 변형시키지 않고 치환할 수 있는 등가 요소들을 나타내고 있다. 이것을 **계열축**, 혹은 **계열류**라고 한다. 등가에는 여러 가지 성격이 있다. 'chat · chien · renard · train'은 모두 남성 단수명사이다. 'chat · chien · renard'는 문법적 · 의미론적('동물'이라는 의미소) 등가에 기초해 있다. 'chat · chien'은 문법적 · 의미론적 · 음성적(음소 /ʃ/) 등가에 기초해 있다.

언어의 선조적 성격과 실용성은 불가피한 경우라도 중복을 제한시킨다. 'Le' · 'chat' · 'souris'는 셋 모두 단수라는 문법적 표지를 지니고 있고, 'chat' · 'dévore' · 'souris'는 동물성이라는 의미소적 특징을 지니고 있다. 그러나 이러한 반복들이 정보의 전달을 보증해 주긴 하지만 의미론적 가치나 특별한 미학적 가치를 지니고 있지는 않다. 반면에 시에서는 결합의 축에 투영된 선택의 축의 등가들을 활용함으로써, 담론의 연속성에 기초한 문자적인 의미에 첨가되는 의미 작용의 망들을 구축할 수 있게 된다. 게다가 이러한 등가들이 완전히 다른 두 언표에 나타날 때 대응관계가 만들어진다.

예) Le chien dévore le chat. (개가 고양이를 집어삼킨다.)

'le chien'과 'le chat' 사이에는 음성적 상관성이 있다. /lə∫/ 시퀀스가 관사＋실사군 내에서 반복된다.

음성적 등가뿐만 아니라 형태론적·통사론적·의미론적 등가도 존재한다. 그렇지만 음성적 등가는 다른 등가들에 구애받지 않는다는 특징을 가지고 있다. 위의 예에서 통사론적 논리는 의미론적 등가(동물성)나 동사와 주어 사이의 문법적 등가(단수)에 제약을 가한다. 반면에 위의 문장에서 'chien'과 'chat' (/∫/)를 이어 주는 음성적 등가를 설명해 줄 수 있는 것은 아무것도 없다. 이러한 음향 조직의 독립성 때문에 시에서 음성적 등가를 분석하고 해석해 내기가 어려운 것이다.

사실 음성적 등가의 분석이란 음소의 반복을 찾아낸 다음, 이러한 반복이 어떤 점에서 텍스트 구조가 되고 있는지 생각해 보는 것이다. 따라서 단지 지적해 보는 것으로 충분할 소리의 비정상적인 빈도를 찾아내는 것으로 분석이 끝나는 것이 아니다. 연구는 이 첫번째 지표로 인해 비로소 시작되는 것이다. 언뜻 보기에는 간단한 이 과정은 세 가지 커다란 문제에 봉착하게 된다.

1. 자음의 반복(자음운) 혹은 모음의 반복(반해음)은 시에서 너

무나 빈번히 이루어져서 그 의미가 금세 의문시된다.

예) 1.   Mon enfant, ma sœur,

    2.   Songe à la douceur

    3.   D'aller là-bas vivre ensemble !

    4.   Aimer à loisir,

    5.   Aimer et mourir

    6.   Au pays qui te ressemble !

    7.   Les soleils mouillés

    8.   De ces ciels brouillés

    9.   Pour mon esprit ont les charmes

    10.   Si mystérieux

    11.   De tes traîtres yeux,

    12.   Brillant à travers leurs larmes. (……)

              (보들레르, 〈여행에의 초대〉)

위의 시는 68음절을 지닌 이(異)운율적(557557557557) 12행시
이며, 16모음 중 열한 개가 나타나고 있다.

            õ   u   ə
            ã   e   ɐ
        a(ou ɑ)   i
            œ   o

∗ 특별한 경우에는 두 소리를 구분하지 않고 혼용하여 분석하겠다.

이 모음들의 분포를 각 절별로 살펴보면 다음과 같다.

õ ã ã a œ
õ a a u œ
a e ɑ ɑ ɑ i ã ã
e e a a i
e e e u i
o e i ə ə ã
e o ɐ u e
ə e ɐ u e
u õ ɐ i õ e a
i i e i ə
ə e ɐ e
i ã a a ɐ œ a

이렇듯 간략한 분해를 통해 우리는 다음과 같은 점을 알 수 있다.

—모든 음성이 최소한 한 번 이상 반복된다.

—열 개의 모음 중 두 개만이 시구 내부에서도, 그 바로 다음 시구에서도 반복되지 않는다.

—열두 번에 걸쳐 동일한 소리가 연속되는 두 행에, 그것도 같은 자리에 온다.

—열두 번에 걸쳐 동일한 소리가 시구 내부에서 곧바로 반복된다. 12라는 숫자가 세 번 반복된다. 12행, 2×12 자음운. 그러나 이러한 산술적인 일치에 대해 너무 깊이 생각할 필요는 없다.

여기서 우리는 모음들과 가장 분명히 드러나는 상관성들만을 살펴보았다. 각 절 내에서, 더 나아가 〈여행에의 초대〉 전체(세 개의 절과 한 개의 후렴구)에서 일련의 음소군(모음들과 자음들)들의 반복을 분석하게 되면, 서로 이렇게 저렇게 결합하면서 얼마나 복잡해질지 쉽게 예상할 수 있다. 그러나 이러한 작업은 결국 무의미한 자료 뭉치로 귀착하게 될 것이다. 문학 텍스트의 분석과 관련된 모든 영역에서 그렇듯이, 이 영역에서도 우선 독자(분석자)는 통찰력——직감과 경험의 결합——의 안내를 받아야 하며, 그런 다음에야 체계적인 조사에 이를 수 있다. 분석가로서 마지막으로 충고를 한 마디 더하자면, 아무리 오랜 시간에 걸쳐 힘들게 조사했더라도 무익한 분석 경로는 주저말고 포기해야 한다.

2 대체로 음소 자체의 반복보다는 그 음소들을 구성하는 변별요소를 주목하는 것이 더 중요하다. 보들레르 시의 첫 2행을 보자.

> Mon enfant, / ma sœur,
> Songe / à la douceur

두 시구의 전반부의 모음은 후비음이다.(/õ/ 혹은 /ɑ̃/ 후반부는 이와 대조적으로 전구강개음을 주모음으로 가지고 있다.(/a/ 혹은 /œ/) 이러한 대비 구조는 두번째 시구의 후구강폐음('douceur'의 /u/)을 뚜렷이 들리게 해주는데, 이 이질적인 후구강폐음은 시인이 꿈꾸는 목가적인 꿈속에서 슬프게 공명된다. 두번째 5음절군(4-5행)도 이와 똑같이 구성되어 있다.

> Aimer a loisir,
> Aimer et mourir

두 시구의 뚜렷한 대구는 세 가지 차이점을 보여 주는데, 이는 앞의 두 시구가 남긴 인상을 한층 명확히 해준다.

—두 개의 음성적 차이

à(/a/: 열린 전음) → et(/e/: 닫힌 전음)

loisir(/a/: 열린 전음) → mourir(/u/: 닫힌 후음)

—한 개의 의미론적 차이

loisir(시간의 자유로운 사용) → mourir(모든 시간성의 끝)

그러나 변별 자질을 골라내는 것이 항상 이렇게 쉬운 것은 아니다. 다시 한 번 강조하건대, 하나의 성급한 가정이 여러 가지 다른 해석의 가능성들을 부당하게 구속하지 않도록 경계해야 한다.

3. 한 시행 내에서 모든 소리가 가치를 지니며, 우리가 보들레르의 시에서 행한 바와 같이 그 소리들을 세어 보는 것으로 충분하다고 생각할 수도 있을 것이다. 그러나 사실은 그렇지 않다. 발음된 한 음소의 강도와 인지는 리듬 구조 내에서의 그 음소의 위치 및 기능, 즉 시의 운율적·의미론적 구조들과 밀접하게 연관되어 있다. 그러나 측정할 수 없는 것들은 어떻게 측정할 것인가? 대개의 경우 하는 수 없이 모든 소리를 동등하게 다루기로 체념하고 마는데, 바로 여기에 시의 음성적 분석의 가장 큰 결점이 있다.

3. 음성적 효과의 유형들

음성의 표현적 가치

음소들은 그 청각적 특성으로 인해, 어떤 감정이나 느낌을 표현할 수 있는 능력을 가지고 있을까? 음소들은 언어적 체계에서의 자신의 역할과 무관하게 상징화의 능력을 가지고 있을까? 이러한 의문에 대한 논쟁은 이미 오래 전부터 있어 왔다. 오늘날 설득력 있는 사실로 입증된 것은 다음과 같다.

1. 실험음성학이 증명하고 있는 바에 의하면, 어떤 음소들은(특히 모음) 청각적 혹은 시각적 결합을 일으키고 있는데, 이 결합들은 꽤 안정적이어서 학문적 가치를 지니기에 충분하다. 바로 여기서 보들레르가 다시 취한 생각, 모든 감각들은 공감각적 교감을 통해 서로 합치될 수 있다는 생각이 나오게 된다.

> 멀리 뒤섞여드는 긴 메아리처럼
> 향기와 색채와 소리들이 서로 화응하여
> 어둡고 깊디깊은 일체를 이룬다,
> 밤처럼 빛처럼 광대한 일체를.
> Comme de longs échos qui de loin se confondent
> Dans une ténébreuse et profonde unité,
> Vaste comme la nuit et comme la clarté,
> Les parfums, les couleurs et les sons se répondent
> 〈〈교감〉, v. 5.8)

역사음성학은 이에 대한 증거를 제공해 준다. 라틴어 murmur (/murmur/)는 군중의 웅성거리는 소리, 혹은 와글거리는 소리를 지칭했다. 프랑스어에서는 소곤거림의 뜻으로 그 의미가 약화되었는데, 이는 아마도 발음의 영향일 것이다.(/u/가 /y/로 바뀜)

2. 의성어의 성격을 띤 명사 'murmur'는 예외적인 어휘이다. 거의 모든 경우에 있어서, 단어의 뜻은 그 단어를 구성하는 음소들의 환기력과는 아무런 상관이 없다. 말라르메가 지적하였듯

이 'jour'의 발음(/ʒur/)은 어둡고, 'nuit'의 발음(/nɥi/)은 밝지만 단어의 의미는 반대이다.

3. 어떤 소리의 표현 효과는 그 효과가 텍스트의 의미 작용에 의해 '재활성화'되고, 여러 번 반복되어 강조되었을 때만 빛을 발할 수 있다. 라신의 유명한 시구를 보자.

Pour qui sont ces serpents qui sifflent sur vos têtes?
(《앙드로마크》)

동사 'sifflent'(씨익씨익 소리를 내다)가 네 개의 /s/ 소리를 씨익씨익거리는 소리로 듣게 해준다.

4. 이따금 하나의 음소에 감각 등가물들을 결합시키는 것이 인정되기는 하지만, 다음과 같은 몇 가지 물리적 관찰 사항을 심리적으로 해석하려는 시도는 매우 위험하다.

─모음이 닫힌 모음이거나 비음일수록 덜 분명하게 들린다. 예를 들어 /ɛ/(laid)는 /õ/(long)보다 훨씬 크게 들린다.

─음악에서와 마찬가지로, 고음/저음의 음성적 대비는 뚜렷한 표현적 효용성을 지닌다.(p.125 참조)

리듬적 가치(La valeur rythmique)[8]

리듬 가치의 가장 알기 쉬운 경우가 운율을 맞추는 것을 주요 기능으로 하는 각운이다. 보다 일반적으로 보면, 음소의 반복도 시의 리듬 구조를 강조하는 데 쓰인다. 다음은 기본적인 형태들이다.

―시구의 테 만들기

Prévoir que, vous aussi, sur ma tête qui ploie

/p//wa/   /p//wa/

(위고, 〈빌르키에에게〉)

Sans cesse à mes côtés s'agite le démon

/ã/   /õ/: (비음)

(보들레르, 〈파괴〉)

―리듬의 동반

Sur ton ventr(e)/orgueilleux//dans(e)/amoureusement

(보들레르, 〈미의 찬가〉)

(지배적인 리듬이 마지막에 /ã/으로 끝남으로써 강조된다. 그러나 'orgueilleux'의 /ø/는 'ámoureusement'의 /ø/를 약간 강조해 준다.)

―두 개의 운율 시퀀스의 대조

Il faut *que* le *cœur* / le plus *triste* cède

(베를렌, 《좋은 노래》, XXI)

(2 연구개폐음 + 2 원순모음 ≠ 3 치폐음 + 2 비원순모음)

―음성적 교착어법(변화 반복법)

Lors vous n'aurez servante, oyant telle nouvelle……

/v//u/ /n/   /n//u//v/

(롱사르, 《엘렌을 위한 소네트》, II, 43)

위의 각각의 경우에 대해서, 이차적으로 각 음소의 고유한 성질에 대해 생각해 볼 수 있다. 그러나 하나의 리듬적 표지로서 기능하는 반복은 그 자체로 시적 기능을 가지고 있다.

의미론적 가치

음소의 표현적 성격이 어떻든간에 어떤 음소가 반복되면 자연히 그 음소를 지니고 있는 단어들을 대조해 보게 되고, 그 낱말들간에 유사관계 혹은 대립관계를 세우게 되며, 그로써 시의 의미 작용 능력이 더욱 강화된다.

> 예) 그대여, 우리가 보았던 물체를 떠올려 보오,
>   그 달콤하던 맑은 여름날 아침,
> 오솔길 모퉁이, 자갈 깔린 침대 위에서
>   혐오스럽게 썩어 가던 짐승의 시체를, (……)
> Rappelez-vous l'objet que nous vîmes, mon âme,
>   Ce beau matin d'été si doux:
> Au détour d'un sentier une charogne infâme
>   Sur un lit semé de cailloux, (……)
> (보들레르, 〈시체〉)

음성적으로 'âme'와 'infâme'는 'doux'와 'cailloux'에 대립된다. 그런데 의미론적으로는 'âme'와 'doux'(행복감)가 'infâme'와 'cailloux'(불쾌감)에 대응하고 있다. 시의 각운에 대한 분석은, 특히 그것이 변별 요소(전음/후음, 개음/폐음, 원순음/비원순음)에 의거하고 있을 때 종종 설득력 있는 결과를 얻게 되며, 이러한 의미에서 분석 범위를 텍스트 전체로 넓히게 된다면 각운 분석은 좋은 출발점이 될 것이다.

시구 내부에서는 자음운과 반해음이 섬세한 어휘망을 구축한다. 1929년에 이론가 트라노이(《시구의 음악성》)는 이에 대한 좋은 예를 제시하고 있는데, 지나치게 단순한 결정론으로 흐른 감이 없지 않다.

> "한 산호잡이가 자신의 나룻배를 타고 항해한다,
> 고양이 같은 바다가 핥고 깨무는 약한 판자배로,
> 코르시카의 곶으로부터 코르푸 섬의 비바람 몰아치는 바위에까지
>
> Un pêcheur de corail vogue en sa coraline,
> Frêle planche que lèche et mord la mer féline,
> Des caps de Corse aux rocs orageux de Corfou
> (빅토르 위고)

발단이 되는 단어는 첫째 행의 'corail'이고, 그로부터 같은 행의 'coraline,' 셋째 행의 'Corse'와 'Corfou'가 나온다. 그리고 'Corse'는 'cap'(전이: le cap Corse)을 낳고, 'roc'은 의미 쪽은 'caps'에서, 소리 쪽은 'cor'(전도됨)에서 유래한 것같이 보인다. 마지막으로 'aux rocs'는 'orageux'를 발생시킨다. 둘째 행에서 'lèche'와 'mord'는 의미면에서 'féline'와 일치되지만, 소리면에서 'lèche'는 'frêle'·'pêcheur'·'planche'를 동시에 상기시키고, 'mer'는 'mord'를 불러 온다."

4. 입의 쾌락

우리가 지금까지 열거한 모든 기법들은 확실히 적용할 수 있는 것들이지만, 효과적으로 적용할 수 있다고 해서 모두 다 적절한 방법이 되는 것은 아니다. 설령 무언의 후회라는 형식으로 이루어진다 할지라도, 시의 음성적 분석이 야기하는 의혹들을 잊지 않도록 조심해야 할 것이다.

시적 쾌락과 근육적 쾌락

위 제목의 표현은, 시 낭독이 가져다 주는 쾌락의 신체적·조음적(調音的) 성격을 강조하고자 했던 음성학자 앙드레 스피르에게서 차용한 것이다. "숨을 들이마시는 가슴의 움직임, 소리를 탄생시키는 성문(聲間)의 움직임, 소리가 주조되고 증폭되는 근육과 연골과 뼈 사이의 모든 공동들의 움직임, 이 움직임들이 바로 쾌락이다."(《시적 쾌락과 근육적 쾌락》, 코르티, 1949) 시를 다루는 대부분의 언어학자들이 이어 가고 있는 야콥슨의 전통은 이러한 말의 조음 차원을 외면하였다. "내가 말할 때, 그것은 남들에게 내 말이 들리게 하기 위해서이다. 따라서 소리의 두 가지 측면 중에서 청각적 측면이 우선적으로 주체간적(主體間的) 가치, 즉 사회적 가치를 갖게 되며 동력적 현상, 달리 말해서 성대의 운동은 단순히 청각 현상의 생리적인 여건일 뿐이다."(《소리와 의미에 대한 여섯 가지 강의》, 1976)

그러나 일상어에 적용되는 논리가 시에도 적용될 수 있을까?

그렇다고 할 수도 없지만, 또 그렇지 않다고도 할 수 없다.

말의 흐름

음성적 전사(轉寫)는 마치 말이 각기 독립된 음소들의 연속인 것처럼 생각케 하는데, 사실은 그렇지 않다. 오히려 말은 목구멍과 입에서 만들어져 단지 호흡을 멈출 때만 중단될 뿐, 계속해서 흘러나오는 숨결이다. 소리들은 서로 섞이고, 서로 상호 작용을 일으킨다. 목소리라는 살아 있고, 변화무쌍한 덩어리에 비추어볼 때, 음성적 반복에 대한 연구는 너무나 초보적인 상태에 머물러 있다.

하나와 다수

게다가 반복의 원칙이 문학 텍스트에서 그렇게 중요한 것인가? 츠베탕 토도로프는 이 점에 회의를 품고, 야콥슨이 "음성 시퀀스들의 연쇄(달리 말해 반복)를 지배하는 유사성의 원칙"에 부여한 중요성에 비판을 가한다. "만약 시 텍스트가 일관되지도, 조화롭지도, 통일되지도, 반복적이지도 않다면? 만약 부분들간의 관계가 전혀 다르다면? 다시 말해서 그 부분들간의 관계가 상이성과 심지어 대조성이 섞여 있는 불완전한 유사성에 입각해 있는 것이 아니라, 그냥 단순히 다른 관계들이라면 어떻게 할 것인가?"(《담론의 장르》, 1978)

만약 시인이 이미지나 관념에 대해서 그렇게 하듯이, 그가 보기에는 핵심적이지만 독자는 탐지하지 못할 소리를 단 한 번만 사용한다면 어떨 것인가? 보들레르에게 있어서는 비교적 잘 쓰이지 않는 어미 -ique가, 《악의 꽃》에서 다섯 시 중 한 개꼴로 각운에 사용되고 있다. 후자음 뒤에 오는 이 조찰모음은 시인에게 어떤 의미를 갖는가?

종종 아나그람적인 문채에서와 마찬가지로 다수의 것도 의미를 갖지만, 극히 소수의 것도 분명 의미를 갖는다. 아나그람은, 정확히 말해서 다른 한 단어의 철자들을 바꿔 놓음으로써 얻어지는 단어이다. 즉 rude(뻣뻣한)는 dure(고된·딱딱한)의 아나그람이다. 그러나 독자가 재구성해야 할 어떤 단어의 철자들을 텍스트 속에 분산 배치시켜 놓는 것도 아나그람이라 할 수 있을 것이다. 이때 독자는 어떠한 설득력 있는 증거로도 확증이 불가능한 자신의 직감에 의존하게 된다.

5

이미지와 상징

이미지라는 용어는 불분명하고 그 의미가 많이 훼손되었지만, 불가피한 용어이다. 모든 사람과 사물이 저마다 오직 하나의 이름을 가지고 있다면, 용어의 정확성은 가히 완벽할 것이다. 즉 이미지는 필요 없게 되고, 대신 무수한 어휘가 생길 것이다. 현실에서 구분되는 요소들을 하나의 어휘로 묶을 필요가 생기게 되면서부터 유추의 과정이 시작되고, 여기에서 이미지가 탄생하게 된다. 그러므로 이미지는 우리가 인식하는 여러 가지 사실들과 그것을 설명해 줄 수 있는 제한된 어휘 사이의 간격의 산물이다. 특히 적절한 용어가 없을 때 이미지를 사용하게 되는데, 이를 남유(catachrèse)라고 한다. 예를 들어 프랑스어에서 종이나 얇은 판자 금속의 단위로 쓰이는 'feuille'는 나뭇잎(feuille d'arbre)을 은유한 것이다. (더 쉬운 예로 '책상다리'의 '다리'는 원래 사람 신체의 일부분을 가리키는 말이다.) 이렇게 남유는 너무나 일상어화되어 있어서 더 이상 비유라는 느낌을 주지 않고 있다.

문학이 언어 활동에서 이미지를 받아들이긴 하였지만, 문학은 그것을 특수 가공하여 독창적인 힘을 이미지에 재부여하였다. 문학적 이미지는 근사치를 통해서 용이하게 의사 전달을 할 수 있게 해줄 뿐 아니라 더 잘 말하도록, 보다 적절한 방식으로 지시체를 지칭할 수 있도록 해준다. 이미지는 처음부터 상징 작용과 연계되어 출발한다.

물론 어떤 작품을 놓고 볼 때 이미지들은 체계를 이루고 있고, 그 이미지들의 조직을 분석함으로써 작가의 심층적 심리 구조 ──정신분석적 용어로 설명되는 구조이든 그렇지 않든간에── 에 접근할 수 있다. 작품의 기원과 한층 더 밀접한 관련을 갖는 이러한 접근 방식은, 이미지의 형태적·언어적 측면에 대한 지식을 전제로 한다. 이론적 혹은 이데올로기적 토대에 대한 설명은 생략하고, 곧바로 기본 개념들에 대해 살펴보기로 하겠다.

1. 의미론과 시

어휘장 연구

의미론은 단어의 의미 작용을 다루는 언어학의 한 분야이다. 의미의 친화 정도에 따라 어휘 단위를 분류하는 계통적 방법을 사용한다. 주어진 자료군(한 언어, 한 시대, 한 작가, 한 텍스트 등의 어휘)에 입각하여, 하나의 동일한 의미 작용 영역에 속하는 용어들로 이루어진 하위 집합들을 획정한 것이 되는데, 이 하위 집합들은 **어휘장**(場)이라 불리기도 한다. 어휘장은 텍스트 분석에서 시적으로 매우 중요한 함축된 의미 작용을 드러내는 데 쓰인다.

예) 양질의 삶은 감자 껍질을 벗기는 것은 특별한 즐거움이다.
   감자를 자른 후, 엄지손가락 윗부분과 나머지 손가락들이 잡고 있는 칼끝 사이에서, 한쪽 입술로 이 까칠까칠하고 얇은 막을 자기 쪽으로 잡아당겨 먹음직스런 속살로부터 떼어낸다.

이 간단한 작업은 너무 여러 번 반복하지 않고 완벽히 성공을 이루어 냈을 때, 뭐라 표현할 수 없는 만족감을 준다.

세포 조직이 벗겨져 나가면서 생기는 약간의 소음도 감미롭게 들리고, 먹을 수 있는 연한 살의 발견도 즐겁다.

벗겨진 과실의 완벽함·상이함·유사함·놀람——그리고 조작의 용이성——을 인식함으로써 오래 전부터 자연이 예견하고 바라왔던 뭔가 올바른 일, 우리가 요청받으면 언제나 해주던 그 일을 완수한 것 같다.

바로 이 때문에 내가 너무나 단순한 작업에 만족하는 것 같이 보일 위험이 있음에도 불구하고, 이쯤에서 그만 이야기하도록 하겠다. 오직 쉬운 몇 개의 문장으로 내 주제를 벗겨내면서도, 주제의 형식을 정확히 드러내는 것만이 나의 목표였다. 즉 있는 그대로 손상되지 않으면서도 반들반들하고, 반짝이고, 소비하는 기쁨을 창출하고 받아들일 준비가 되어 있는 그런 형식을 말이다.

Peler une pomme de terre bouillie de bonne qualité est un plaisir de choix.

Entre le gras du pouce et la pointe du couteau tenu par les autres doigts de la même main, l'on saisit——après l'avoir incisé——par l'une de ses lèvres ce rêche et fin papier que l'on tire à soi pour le détacher de la chair appétissante du tubercule.

L'opération facile laisse, quand on a réussi à la parfaire

sans s'y reprendre à trop de fois, une impression de satis-
faction indicible.

Le léger bruit que font les tissus en se décollant est doux
à l'oreille, et la découverte de la pulpe comestible ré joui-
ssante.

Il semble, à reconnaître la perfection du fruit nu, sa diffé-
rence, sa ressemblance, sa surprise ——et la facilité de l'opé-
ration ——que l'on ait accompli là quelque chose de juste,
dès longtemps prévu et souhaité par la nature, que l'on a
eu toujours le mérite d'exaucer.

C'est pourqoui je n'en dirai pas plus, au risque de sem-
bler me satisfaire d'un ouvrage trop simple. Il ne me fallait
——en quelques phrases sans effort ——que déshabiller mon
sujet, en en contournant strictement la forme: la laissant in-
tacte mais polie, brillante et toute prête à subir comme à
procurer les délices de sa consommation.

(프랑시스 퐁주, 〈감자〉)

이 묘사문에서 우리는 쉽사리 성욕에 대한 어휘장을 탐지해
낼 수 있다. '쾌락(plaisir)'·'한쪽 입술(une de ses lèvres)'·'먹
음직스런 속살(chair appétissante)'·'세포 조직(tissus)'·'연한
살(pulpe)'·'벌거벗은 과실(fruit nu)'·'조작의 용이성(facilité
de l'opération)'·'옷을 벗기다(déshabiller)'·'겪다(subir)'·'먹
는 기쁨(délices de la consommation)' 등의 어휘가 모두 성(性)
과 관련되어 있다. 감자는 끓는 물에서 마구 흔들릴 때와 마찬

가지로 너무나 쉽게 그 가학적 소비자에게 자신을 내맡긴다. "감자들은 완전히 변해 있었다. (나는 "벙긋이 열려 있었다"라고 쓰려고 했다.)"

감자 벗기기를 이야기하고 있는 이 시는 '감자(pomme de terre)'라는 표현의 모호함을 발전시킨다. 즉 땅(Terre)과 육적 유혹의 성서적 상징인 사과와의 관계는, 두꺼운 양피지와 동화 속 공주와의 관계와 같다. 그것은 아름다움을 은폐하지만 욕망을 부추긴다. 다른 한편 시적 글쓰기를 통한 이러한 현실의 성욕화는 사실 퐁주 미학의 항구적인 요소이다.

그런데 무엇에 기초하여 어휘장을 한정하며, 그 적절성이 어떻게 보장되는가? 어휘장의 개념은 독서에서 받은 어떤 느낌을 보다 확고히 하는 데는 효과적이지만, 분석 도구로서는 타당성이 조금 부족하다.

구조의미론: 의소와 동위성 분석

구조의미론은 이러한 결점을 채우고자 한다. 즉 야콥슨의 음성학처럼 구조의미론은 한 언어의 시니피에 전체가 하나의 체계를 이루고 있고, 그 각각의 요소는 의미 작용의 변별 자질들의 결합으로 판별될 수 있다고 가정한다. 즉 한 단어의 의미(의미소, sémème)를 최소 단위(의소(意素), sèmes)들로 분해하고, 다시 그 의소들을 조립해 놓으면 정의상 다의적일 수밖에 없는 의미소가 되는 것이다. 그레마스(《구조의미론》, 1986, 2판)가 제시한 예에 따르면, prendre/tenir 쌍은 다음과 같이 분석된다.

prendre = 견고성＋역동성＋개시성(시작)

tenir＝ 견고성＋정태성＋지속성(지속)

　prendre와 tenir 동사가 동일한 텍스트 내에서 발견되면, 의소/
견고성/이 반복될 것이다. 의소를 달리 말해서 동위성(isotopie)
이라고 하기도 하는데, 둘 다 같은 개념이다. 두 개의 동위성/식
물성/과 /동물성(성욕)/을 나란히 전개시키고 있는 퐁주의 시
는 다(多)동위성적(poly-isotopique) 텍스트이다. 또한 동위성을
도입시키거나, 한 동위성에서 다른 동위성으로 이행하게 해주는
낱말을 동위성 연결자(connecteur d'isotopie)라고 한다.

　의미 작용의 이러한 변별 자질을 끌어내는 일이 남았다. 그레
마스가 정리해 놓은 많은 테크닉에도 불구하고, 그는 "이 방법
들이 서술자의 주관적인 관점만을 반영할 위험이 있음을" 인식
하였다. 주관적이든 그렇지 않든간에, 이러한 이론 방식은 모든
시적 텍스트에서 관찰할 수 있는 의미의 중복 현상과 서열화 현
상을 정확하게 설명할 수 있는 수단들을 제공한다. 더욱이 "이
방법들을 그저 작업상의 임시적 도구로 생각한다면"(그레마스)
이러한 방법들의 언어학적 적절성은 우리에게 별로 중요치 않다.

　위고의 시 한 편을 가지고 분석해 보자.

　　지금 모든 단어들이 광명 속을 천공한다.

　　작가들이 언어를 해방시켰다,

　　그리고 이 도적떼 덕분에, 이 테러리스트들 덕분에,

　　진리가 해방되어, 한심한 현학자의 무리를 내쫓고,

　　상상력이 해방되어, 갖가지 떠들썩한 목소리로

부르주아의 정신의 유리창을 부수었다;

세 개의 얼굴을 가진 시는 웃고, 한숨짓고, 노래한다,

시는 빈정거리고, 믿는다.

플로티노스가 로마의 평민들에게,

셰익스피어가 영국의 군중들에게

심어 주었던 시는 국민들에게 욥의 지혜와

호라티우스의 광기를 통한 이성을 부어 준다.

푸른 창공에 대한 엄청난 열광으로 도취된 시,

터질 듯한 시선을 지닌 신성한 광인인 시는

시간의 계단을 따라 영원으로 올라간다.

시는 다시 나타나 우리를 다시금 사로잡고 데려가

다시 한 번 인간의 불행에 대해 울기 시작하고,

내리치고, 위로하고, 천정에서 천저로 내달으며,

모든 봉우리에서 그의 비행, 회오리, 리라, 번득이는 폭풍우,

그리고 그의 수백만 개의 날개에 달린

수백만 개의 눈을 빛나고 반짝이게 한다.

Tous les mots à présent planent dans la clarté.

Les écrivains ont mis la langue en liberté,

Et, grâce à ces bandits, grâce à ces terroristes,

Le vrai, chassant l'essaim des pédagogues tristes,

L'imagination, tapageuse aux cent voix,

Qui casse des carreaux dans l'esprit des bourgeois;

La poésie au front triple, qui rit, soupire

Et chante; raille et croit; que Plaute et que Shakespeare

Semaient, l'un sur la plebs et l'autre sur le mob,

Qui verse aux nations la sagesse de Job
Et la raison d'Horace à travers sa démence;
Qu'enivre de l'azur la frénésie immense,
Et qui, folle sacrée aux regards éclatants,
Monte à l'éternité par les degrés du temps;
La muse reparaît, nous reprend, nous ramène,
Se remet à pleurer sur la misère humaine,
Frappe et console, va du zénith au nadir,
Et fait sur tous les fronts reliure et resplendir
Son vol, tourbillon, lyre, ouragan d'étincelles,
Et ses millions d'yeux sur ses millions d'ailes.
(빅토르 위고, 〈기소장에 대한 답변〉)

  낭만주의와 특히 위고가 가지고 있는 문제점들 중 하나는, 시
적 언어의 자리를 1789년에 태어난 여러 가지 다양한 민중들의
목소리에 내주면서도 동시에 그 시적 언어의 위대함과 독특함을
보존하고 있다는 데에 있다. 그런데 위의 시의 중요 부분은 '비
행'의 어휘장에 속하는 네 개의 단어, 'planent'(1행)·'essaim'(4
행)·'vol'(19행)·'ailes'(20행)로 둘러싸여 있다. 더욱이 네 개의
동위성이 텍스트를 지배하고 있다.

하나	≠	다수
la clarté(1행)		tous les mots(1행)
la langue(2행)		essaim(4행)
le vrai(4행)		aux cent voix(5행)

l'imagination(5행)	au front triple(7행)
la poésie(7행)	l'un······ l'autre(9행)
l'azur(12행)	les degrés(14행)
la Muse(15행)	ses millions d'yeux sur
	ses millions d'ailes(20행)

상승	≠	하강
monte(14행)		semaient(9행)
degrés(14행)		verse(10행)
nous reprend, nous ramène(15행)		reparaît(15행)
		du zénith au nadir(17행)

주: 여기에다 수평적 움직임을 지칭하는 중간항을 첨가해야
할 것이다.(planent, tourbillon)

위	≠	아래
planent(1행)		
front(7행)		
l'azur(12행)		
fronts(16행)		
zénith(17행)		nadir(17행)

  이들 동위성들의 분석은 이 시가 이 낭만주의 작가가 직면한
양자택일에 입각하여 구축되고 있음을 보여 준다. 즉 단일성이
라는 이상과 복수성에의 의지 사이에서 갈등하던 시인의 유일한
해결책은, 시를 헤아릴 수 없을 정도로 무한히 많은 것으로서(무

수한 새의 무리처럼), 또한 그것이 다시 통합된 것으로 생각하는 것이다. 또한 상승적 움직임이 나타내는 역사의 발전과, 잊지 않고 민중을 주시해야 하는(하강의 움직임) 시의 영원불변의 미 사이에서 주저하던 시인은, 결국 수평적 선회라는 타협점을 찾아내어 그 순환성으로 상승과 하강의 공간적 축이 덜 두드러지게 끔 한다. 그러나 이러한 타협책은 부분적이고 불완전하다. '위/아래' 동위체 쌍에서 '위'의 어휘들이 압도적으로 많이 나타남으로써 '위'에 대한 시인의 선호를 보여 준다. 더욱이 지구의 중심점에서 연직선을 아래쪽으로 연장할 때 천구와 만나는 점인 천저(nadir)는, 지면에 상응하는 '아래'라기보다는 전도된 '위'이다. 즉 새는 상승도 하고 하강도 하지만 내려앉지는 않는다.(보들레르의 〈알바트로스〉와 비교)

2. 문채: 수사학과 시 사이

문채에 대한 퐁타니에(《담론의 문채》, 1827)의 정의에 따르면, "하나의 언술이 그것의 단순하고 공통된 표현이었던 것으로부터 다소간 멀어졌을 때" 그 언술은 형상화된 언어 활동(langage figuré)에 의존하게 된다. 수사학으로부터 물려받은 이러한 개념은, 담론의 이 오래 된 기술이 온갖 변천을 겪게 되면서 계속 함께 변화하였다. 문채의 개념이 야기시킨 다음의 제한 사항들은 상당히 타당한 것으로 보인다.

1. 문채는 자신이 위반하게 될 언어학적 규범을 전제로 한다. 그런데 비정상, 즉 형상화는 어디서 시작되는가?

2. 문채의 고적주의 개념에 따르면, 문채는 담론의 의미를 변경시킬 수 없고, 다만 그 의미를 강조할 수 있을 뿐이다. 내용과 형식의 이러한 불일치는 오늘날 받아들여질 수 없다.

3. 모든 개별적 글쓰기에 이름을 부여하는 수사학의 세밀한 어휘는 명목론적 환상을 낳게 하며, 문학은 재생산이 가능한 기법을 한데 모아 놓은 것에 불과하다는 생각을 심어 줄 수도 있다.

사실 문채는 고정된 어법이 아니라 하나의 의미 작용 행위이며, 이름보다는 자신이 징후적으로 가리키는 것, 언어 활동 안에서 글쓰기를 통해 이루어지는 의미 작용이 더 중요하다는 것은 자명한 사실이다. 문채를 다 열거하는 일은 불가능하며, 이러한 열거는 앞서 말한 작업의 몇 가지 예를 보여 주는 것으로 만족할 뿐이다.

시니피앙의 문채

음성적 시니피앙이든 문자적 시니피앙이든, 그것이 어떤 표현 가치 혹은 고유한 의미론적 가치를 지니고 있을 때 어떠한 문채적 요소를 수반하게 된다. 리듬 효과와 음성적 효과도 시니피앙의 문채에 포함되며, 현대 시가 즐겨 사용하는 코믹한 기법들(예를 들어 calembours, à peu près: p.197 참조)도 시니피앙의 문채에 속한다.

전 의(轉義)

몇몇 사람들에 의해 문학의 주요 문채로 간주되는 전의는, 전통적인 용어 사용법에 따라 비유적으로 사용된 단어들의 의미에 영향을 미친다. 특히 다음의 종류로 나누어 볼 수 있다.

은유

유사성의 관계를 토대로 하여, 두 사물을 동화시키는 것을 은유라 한다. 은유는 이렇게 접근된 두 실체가 하나 혹은 여러 개의 의소를 공통으로 가지며, 그들의 의미론적 교차가 어떤 의미를 갖게 된다는 것을 전제로 한다.

예) Cet homme est un lion. (그 남자는 한 마리의 사자이다.)

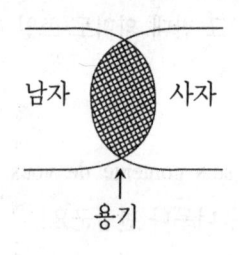

위의 경우에서와 같이 비교된 두 요소가 모두 언급되어 있을 수도 있고(métaphore *in praesentia*) 언표가 은유적 단어(비유하는 것, 혹은 지탱하는 것(phore) ; 이와 대비되는 것은 비유되는 것 혹은 thème)만을 제공할 수도 있다.(métaphore *in absentia*) ce lion(=soldat) a dû pourtant battre en retraite.(그 사자(=군인)는 어쩔 수 없이 후퇴해야만 했다.)

환유

현실에 존재하는 인접성, 혹은 의존성의 관계를 토대로 한 사물이 다른 사물로 대체되는 것을 환유라 한다.

예) 십자가는 그리스도교를 나타내고, 심장은 용기를 나타낸다.

제유

포함의 관계(전체가 부분을, 혹은 부분이 전체를 지칭하는 것)를 토대로 하여, 한 사물이 다른 사물로 대체되는 것을 제유라 한다.

예) 돛은 배를 가리키고, 죽을 수밖에 없는 자들은 인간을 지칭한다.

아이러니컬한 반어법

어떠한 단어가 원래 의미의 그 반대 의미로 쓰일 때, 이를 아이러니컬한 반어법이라 한다.

예) Ah! mon Dieu, que je suis contente de vous voir!
오! 세상에, 당신을 보니 너무나 반갑군요!
(몰리에르, 《인간혐오자》, 3막 4장: 셀리멘느가 그의 원수에게 하는 말)

구성 문채

퐁타니에에 따르면, 구성 문채란 "문장 내에서 단어들을 결합하고 배열하는 방식"을 말한다.

생략

언표의 이해하는 데 지장이 없는 범위 내에서 하나, 혹은 여러 개의 단어를 삭제하는 것을 말한다.

예) *D'un château l'autre* (셀린)

파격구문

이것은 문체적 목적에 따라 구조를 파괴하는 것이다. 즉 문법적 오류를 말한다.

예) Le nez de Cléopâtre, s'il eût été plus court, la face du monde aurait changé. (파스칼)

액어법

공통되는 요소를 반복하지 않음으로써 문장의 두 개, 혹은 여러 개의 부분들을 연결시키는 것을 액어법이라 한다.

예) Vêtu de probité candide et de lin blanc.

(위고, 〈잠든 보오즈〉)

연사 생략, 병렬

동일한 위상의 통사 그룹들을 연결사를 통해 배열하지 않고 병치시키는 것을 연사 생략이라 하며, 종속절의 연사를 삭제하는 것을 병렬이라 한다.

예) "Les dieux existent: c'est le diable. J'aimais la vie; elle me déteste; j'en meurs. Je ne vous conseille pas d'imiter mes rêves. La mort y corne des cartes, y jette du linge sale, y couvre les murs de signatures illisibles, de dessins dégoûtants. Le lendemain, je suis le personnage à clef d'une histoire étonnante qui se passe au ciel."

(콕토, 〈오! 라! 라!〉)

중첩법 혹은 구형화

일련의 등가의 구(句)를 축적하기 위해 담론의 전개를 일시 정지시키는 것을 중첩법이라 한다. 중첩법은 시인의 상상력과 유희적 소양이 발동하는 거대한 열거를 만들어 내기도 한다.

예) Jeanne Jeannette Ninette nini ninon nichon

Mimi mamour ma poupoule mon Pérou

Dodo dondon

Carotte ma crotte

Chouchou p'tit cœur

Cocotte

Chérie p'tit chèvre

Mon p'tit-péché mignon

Concon

Coucou

Elle dort

(블레즈 상드라르, 〈시베리아 횡단 철도와 프랑스 소녀 잔의 산문〉)

계열체와 통합체

언어학을 본떠서 전의를 계열축(선택의 축)에, 구성 문채를 통합축(결합의 축)에 위치시키는 것은 매우 구미가 당기는 일이지만, 비유의 실현은 통합체적 문맥에 달려 있다.

예) Cet homme est un lion.

'homme'와 'lion'이 문장 안에 동시에 존재함으로써, '사자＝용기'라는 문화적 등가가 재활성화된다. 이는 부재적 은유에서도 마찬가지이다.

예) Le lion bat sa femme. (그 사자가 자신의 아내를 때린다.)

비교(남자＝사자)는 두 개의 통합체, /le lion/과 /bat sa femme/를 이어 주는 주어/술어(동사+보어)의 관계로부터 추론된다. 게다가 이 주어/술어관계는 은유가 반어적임을 드러내 준다. 공리적인 관점에서 보면, 부부간의 폭력은 사자의 용기에 반대되기 때문이다. 비유의 인지와 해석은 텍스트 표면에 나타나 있는 동위성망의 관찰과 불가분의 관련이 있다. 극단적인 경우——초현실주의의 이미지가 이에 속한다——통사적 결합이 은유를 대신하기도 한다. "단어들이 모이면, 결국엔 반드시 무엇인가를 의미하게 된다."(아라공) 그리고 이러한 일관성은 미리 작가로부터 오거나, 혹은 나중에 독자로부터 온다.

예) (A) La terre est bleue comme une orange
　　 (B) Jamais les mots ne mentent
　　 (엘뤼아르, 《첫째로》, VII)

위의 시구들은 흔히 생각하듯 순전한 문학적 공상이 아니다. (A)는 보통 다음과 같이 이해된다.

(C) La terre est aussi bleue qu'une orange est bleue
   오렌지가 파랗듯 대지도 파랗다.

그런데 우리가 알고 있듯이 오렌지가 썩으면 푸르스름해진다. 제1 ·2차 세계대전 사이에 발표된 이 시에서 엘뤼아르는 세계의 붕괴를 비난하고 있다고 볼 수 있을 것이다. 함축된 의미들의 모순은 아이러니컬하다. 즉 대지의 파란색은 바다의 맑음을 가리키고, 오렌지의 파란색은 부패를 가리킨다. 통사적 논리는 또 다른 해석도 가능케 한다.

(D) La terre n'est pas plus bleue qu'une orange
   오렌지와 마찬가지로 대지는 파랗지 않다.

땅은 파랗지 않다. 밤색이다. 즉 동등 비교급은 일반적으로 생각해 왔듯이 강조의 역할이 아니라 제한하는 역할을 하고 있다. 말하자면 텍스트는 독자가 분명히 저지르게 되는 실수를 예견하고 있다. 대지가 오렌지에 비유되는 것을 보면서, 독자는 즉각적으로 엄밀한 의미의 대지가 아니라 둥근 지구를 생각하게 된다. 이러한 환유적 이동은, 우선 보기에 근거가 없다. 비교 대상은 땅의 색깔이지 땅의 모양(球狀)이 아니기 때문이다. 엘뤼아르는 너무 빠른 독서로 인해 잊어버린 진실 하나를 재설정시킨다.
   반면에 대지가 파란색이 아니라 밤색이라면, 파란색을 가진 것은 바로 바다이다. 이에 (A)는 이렇게도 읽힐 수 있다.

(E) La terre est liquide comme une orange
　　대지는 오렌지처럼 물기가 있다.

그런데 대지와 오렌지가 가진 두번째 공통점은 껍질이다. 대지
가 오렌지처럼 물기가 있음을 인정하게 되면, 진정한 액체는 바
다가 아니라 껍질이 내포하고 있는 액즙, 즉 용해되고 있는 대지
의 오렌지빛 액상의 불인 것이다. 마침내 (A)는 다음과 같이 읽
힐 수 있게 된다.

(F) La terre est orange comme une orange
　　대지는 오렌지처럼 오렌지빛이다.

파란색은 오렌지빛이다. 이것은 진실한 거짓 추리[反理]이다.
왜냐하면 "단어는 절대로 거짓말을 하지 않기" 때문이다.
　요약해 보자. 통합체와 계열체는 끊임없이 상호 작용을 한다.
더욱이 몇몇 기법은 비유와 구성 문채가 결합된 혼합종이다.

모순어법
　반대되는 의소를 지닌 두 용어를 통사적으로 연결시켜 놓는 것
을 모순어법이라 한다.

예) Cette obscure clarté qui tombe des étoiles
　　별에서 떨어진 이 어두운 빛이여

(코르네유, 《르 시드》, 4막 3장)

　모순어법은 은유와 마찬가지로 두 단어에서 공통점을 찾아내야 하며, 현실에다가 서로 반대되는 것들을 공존시킨다. (바로 이 점으로 인해 낭만주의자들이 모순어법을 선호하였다.)

환치법

　어떤 한정어나 품질어를 문장 내에서 원래 적용해야 할 단어가 아닌 다른 단어에 배정하는 것을 환치법이라 한다.

　예) le regard triste de tes yeux bleus 대신에
　　　Le regard bleu de tes yeux tristes

　위의 경우에서는 두 개의 형용사 'triste'와 'bleu'가 전도되어 환치법이 한층 분명하게 나타나는데, 다음과 같은 경우에도 환치법이 성립된다.

　　　le regard bleu de tes yeux

　그렇지만 'le regard bleu'는 시선이 눈을 대신한다고 봐서 환유로 해석되어야 할 것이다. 즉 환치법은 하나의 전의의 통합체적 결과이다.

문체와 간격

환치법의 포착이 반드시 단어의 관습적인 질서의 재확립으로 귀착되는 것은 아니며, 시적 표현이 언어학적 표준성의 위반은 아니다. '푸른 시선(Regard bleu)'은 문학적 이미지이며, '푸른 눈(yeux bleus)'은 상투적인 선전 문구이다. 마찬가지로 앙드레 브르통이 그의 유명한 《제1차 초현실주의 선언문》에서 "나에게 있어 가장 수준 높은 이미지는 **최고도의 추상성**을 보여 주는 이미지, 실제적인 언어로 옮겨 놓는 데 가장 오랜 시간이 걸리는 이미지이다"(강조는 필자에 의한 것)라고 말하고 있긴 하지만, 이미지의 시적 질이 그 이미지가 현실의 일반적인 인식에 가하는 왜곡의 정도에 비례해서 높아지는 것은 아니다. 대신에 시적 이미지의 두 가지 개념을 구분해 보는 것이 좋겠다.

대체적 개념

고전주의 시대에 이미지는 회화적이고, 설득력 있고 분명하게 그려내야 했다. 그렇게 되기 위해 이미지는 강조하고 싶은 특징을 특별한 조명 아래 놓는다. "그 남자는 한 마리 사자이다"라는 문장은 매우 효과적으로 "그 남자는 용기 있다"는 것을 의미한다. 여기에 다른 의미는 전혀 없다. 즉 용기라는 개념이 이 '고양이과 동물'의 용기로 완전히 대체된 것이다. 달리 말해서 용기는 '남자'와 '고양이과 동물'의 의미론적 교차를 구성하며, 이 교차 외의 다른 어떤 요소(갈기, 네 발, 특히 게으름)도 끌어들이지 않는다.

연상적 개념

낭만주의 시대부터 시인들은 점차 이미지가 대체되고 난 뒤에도 완전히 소멸되지 않는다는 사실을 인식하게 되었다. 즉 남자는 단지 용감하기만 한 것이 아니고, 완전히 사자도 아니며, 문채가 담론 속에 구축해 놓은 어떤 간(間)상상계에 자리잡게 되는 것이다. 정상과 비정상 사이에만 간격이 있는 것이 아니라, 이미지들의 연상 작용을 통해 시 자신이 허용하고 있는 서로 다른 해석들 사이에도 존재한다. 간격이 커지면 커질수록 더욱더 독자는 정신적으로 이 상상의 작업에 참여하도록 강요받게 된다. "뛰어난 이미지는, 서로 멀리 떨어져 있던 두 현실을 정신이 그 관계들을 파악하여 자연스럽게 연결시킴으로써 태어난다는 특징을 가지고 있다."(피에르 르베르디, 《말총 장갑》)

그렇지만 모든 간격은 그것이 아무리 미약하다 할지라도 동일한 의미의 폭발을 일으킬 수 있다. 폴 베를렌은 자신의 저서 《시법》에서 이러한 최소 간격의 개념을 옹호하였다.

> 단어를 선택할 땐 언제나
> 약간의 경멸을 가져야만 한다:
> 분명한 것과 불분명한 것이 합쳐지는
> 회색빛 노래보다 귀한 것은 없다.
> Il faut aussi que tu n'ailles point
> Choisir tes mots sans quelque méprise:
> Rien de plus cher que la chanson grise
> Où l'indécis au précis se joint.

비교와 은유

마찬가지로 이미지가 통사적으로 덜 준비되었다 해서, 자동적으로 그 이미지가 더 시적이 되는 것은 아니다.

예) Cet homme   est courageux   comme   un lion
　　테마　　　비교의 요소　　비교의 도구　　　버팀
　　보조관념　　비교의 술어　　　　　　　　　원관념

완전한 비교는 네 가지 요소를 필요로 한다.

―비교되는 것(혹은 thème): 비교로 인해 특정 자질이 부여되는 단어와 (지시체).

―비교하는 것(혹은 phore): 유사관계에 입각하여 앞의 단어와 가까워지는 단어와 (지시체).

―비교의 도구: 유사관계를 표현해 주는 단어.(comme, semblable à, paraître……)

―비교의 요소(혹은 술어): 비교하는 것과 비교되는 것에 공통된 자질. 이 요소는 선택적이다.

비교가 훨씬 더 명백하기 때문에, 때때로 비교를 사실성의 법칙을 완전히 벗어날 수 없는 미완성의 은유로 보기도 한다.

그러나 미리 단정지을 수는 없다. 은유도 전통적인 비교만큼이나 퇴색하고 진부해 보일 수가 있고, 반대로 독자로 하여금 비교하는 것과 비교되는 것을 차례로 응시하고, 그것들로부터 모든 차이점과 유사점을 죄다 끌어내도록 해줄 때 비교가 은유보다 훨씬 더 표현력을 갖는다. 다른 한편으로 비교는 이미지에 통사론적 담보물을 제공함으로써 이미지의 탈선을 더욱 두드러지게 한다.

예) 남작 부인은 귀를 귀울인다
　　그 음악이 마음에 든다
　　그러나 그녀의 귀는

지붕의 낡은 기와처럼 떨어진다
La baronne prête l'oreille
Cette musique lui plaît
Mais son oreille tombe
Comme une vieille tuile d'un toit
(프레베르, 〈리비에라〉)

문채적 긴장감

요컨대 시가 사용하는 여러 가지 수사학적 기법들의 효용성을
따지기보다는 문학에서 형상화의 역할을 이해하는 것이 더 중요
하다. 무강세음 e나 분음(la diérèse)과 마찬가지로 문채도 글쓰
기의 하나의 표시이며, 다른 것과 마찬가지로 언어의 형식적인 구
조들과 독자의 재량권을 필요로 하는 어떠한 의미 생산 과정이
텍스트 안에 만들어졌다는 신호이다. 리듬은 목소리의 긴장이었
고, 그로 인해 시적 언어가 산문과 구분될 수 있었다. 이를 본떠
서 문채가 일깨우는 정신과 의미의 경계를 지칭하는 **문채적 긴
장**에 대해 이야기해 보자.

다른 문채들의 모체가 되는 세 개의 주요 문채가 시와 시읽기
사이에 이 필수불가결한 공모의 수사학적 범주를 구성한다.

활사(活寫)

퐁타니에의 정의에 따르면 "사물을 너무나 생생하고 활기차게
묘사하여, 마치 그 사물을 눈앞에 놓고 보는 듯한 느낌이 들게
하는 문채"가 활사이다. 활사는 언어의 특정한 조작이 아니라, 시

가 실현하고자 하는 어떤 잠재성이다. 활사는 문학과 현실의 인식간의 밀접한 관련을 전제로 하기 때문에, 부당하게도 현대 수사학에서는 그 진가를 인정받지 못하고 있다.

실렙시스

동일한 한 단어가 "두 가지 다른 의미로 이해되는 것, 즉 하나는 본래의 의미 혹은 본래의 의미라고 간주되는 의미로, 다른 하나는 비유적 의미로 혹은 비유적 의미라고 간주되는 의미로 이해되는 것"을 말한다.(퐁타니에) 엄격한 의미에서 보면, 실렙시스는 단지 말장난의 범주에 지나지 않는다.

예) 내가 밝힌 불꽃보다 더 많은 불꽃들로 타오른

Brûlé de plus de feux que je n'en allumai

(라신, 《앙드로마크》)

전치법

넓은 의미로 볼 때, 전치법은 단어들의 정상적인 순서의 모든 교란을 포괄한다. 이것은 전형적인 말라르메적 문채이기도 하다.

갑자기 장난처럼
그녀는 내 여러 목관 플루트들이
약간 높아지는 것을 듣고 싶어했다.

Tout à coup et comme par jeu

Mademoiselle qui voulûtes

Ouïr se révéler un peu

Le bois de mes diverses flûtes

(〈앨범장〉)

　문장을 자유로이 배열할 수 있게 해주는 이러한 통사론적 혼합은, 상상력이 투자되는 의미론적 불확정성의 영역들을 창출해 낸다. 전치법은 실렙시스의 통사론적 등가물이다.

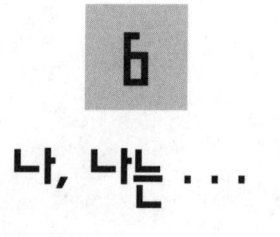

나, 나는 . . .

1. 시와 소설

보충적인 정보가 없는 한 독자가 텍스트에서 1인칭 단수를 만나게 된다면, 시의 경우 자연적으로 그 1인칭을 저자와 동일시할 것이고, 소설의 경우라면 작중 인물 혹은 적어도 허구의 화자와 동일시하게 될 것이다. 그러나 이 첫번째 움직임이 잘못된 것이고, 그 뒤의 텍스트에 의해 부인된다면, 그것은 시와 독자 사이에 세워진 암묵적인 계약에서 연유한 것이다. 물론 시가 서정성이나 필자의 개인적인 감정의 표현에 국한되는 것은 절대 아니다. 예를 들어 서사시에서는 이야기의 주체가 주로 역사나 신화에서 취해지며, 그 주체는 항상 집단(국민 · 군대, 어떤 사회 계층) 혹은 그 집단을 대표하는 영웅들이다. 그러나 자기 인식이 작가가 추구하는 유일한 것이 되어 버려 현실 전체가 작가의 주관적인 인식 속으로 용해되어 버린다든가, 혹은 반대로 텍스트가 비개성화 작업을 통하여 보편적인 것에 다다르기를 시도한다는 점에서, 시는 서술(narration)과 근본적으로 다르다. 비록 20세기의 작가들은 이러한 법칙을 점점 더 탐탁치 않게 여기고 있긴 하지만, 서술에서 작가는 장르의 법칙에 따라 구성을 해야 한다. 즉 여러 명의 행위자가 있어야 하고, 사물들과 심리적 관계들이 마치 실제 존재하는 듯한 세계를 이루어, 그 세계에 의해 줄거리가 진전되도록 치밀하게 구성해야 하는 것이다. 그가 사용하는 언어는 그가 만들어 내는 이야기에 봉사한다. 반면 시는 의존의 질서와 가치의 질서를 전복시킨다. 즉 시적 상상력 속에서 하나가 된 외부의 다양성이 하나의 문학적 경험의 재료가 된다.

시적 언어 활동의 수행적 가치

엄밀한 의미로 보자면, 수행적(performatif)이라는 용어는 어떤 행동을 진술함과 동시에 그 행동의 실현을 함축하는 동사들에 사용된다. 그러므로 "내가 너에게 명하노니, 마실 것을 대령해라(je t'ordonne de me servir à boire)"라는 문장은, 발화자가 자신의 권위에 대하여 미리 판단하지 않았다면, 아마도 음료를 따르는 행동을 이끌어 낼 것이다. 그러나 어떤 행위의 완수를 전제로 하는 ──비록 암묵적으로라도──언술에 대해서도 수행적(혹은 **발화내적**) 가치를 부여할 수 있다. 예를 들어 "목말라 죽겠다(je meurs de soif)"는, 상황에 따라서 "마시러 간다" 혹은 "물 한잔 주시오" 등의 의미를 내포할 수 있다.

"말하는 것이 곧 행하는 것"(오스텡, 《말하는 것이 곧 행하는 것》, 1970)인 일상생활에서 많은 언술들이 수행적이다. 원칙적으로 문학은 실제적 적용성을 가지고 있지 않다. 단지 간접적으로 심리적 효과(두려움 · 동정심 · 기쁨 등) 혹은 이데올로기적 효과(텍스트의 근간을 이루는 가치 체계에의 동의)를 끌어낼 수 있는데, 이를 감화 기능 혹은 다시 한 번 오스텡의 어휘를 빌려 **발화매개적 가치**(valeur perlocutoire)라고 부를 수 있다. 시가 가지고 있는 기

능에 대해 이야기하자면, 다음의 시 랭보의 〈새벽〉에서 볼 수 있
듯이 그야말로 아노미 상태이다.

〈새벽 AUBE〉

나는 여름 새벽을 껴안았다.

궁전 앞에는 아직 아무것도 움직이지 않고 있었다. 물도
흐르지 않았다. 숲 속 길에는 여전히 어둠이 진을 치고 있었
다. 나는 걸었다. 힘차고 따스한 숨결들이 잠을 깨고, 반짝
거리는 보석들이 쳐다보고, 날개들이 소리 없이 일어났다.

첫번째 유혹으로, 이미 희미한 싱그러운 햇빛으로 가득한
오솔길에서, 한 송이 꽃이 내게 자신의 이름을 말했다.

전나무숲 너머로 머리를 흐트러뜨린 금발의 폭포에게 웃
음을 지어 보였다. 은빛 봉우리에 여신이 보였다.

그래서 나는 베일을 하나씩 걷어올렸다. 오솔길에서는 팔
을 마구 저었고, 넓은 평지에 이르러 수탉에게 그녀의 존재
를 알려 주었다. 도시에 들어서자 그녀는 종탑과 돔들 속으
로 사라졌고, 나는 마치 거지처럼 대리석 부둣가를 달려 그
녀를 쫓아갔다.

길 위쪽 월계수숲 근처에서 나는 모아져 있는 베일들로

그녀를 감쌌고, 그녀의 거대한 몸을 조금 느꼈다. 새벽과 아이가 숲 아래로 떨어졌다.

깨어 보니 정오였다.

J'ai embrassé l'aube d'été.

Rien ne bougeait encore au front des palais. L'eau était morte. Les camps d'ombres ne quittaient pas la route du bois. J'ai marché, réveillant les haleines vives et tièdes, et les pierreries regardèrent, et les ailes se levèrent sans bruit.

La première entreprise fut, dans le sentier déjà empli de frais et blêmes éclats, une fleur qui me dit son nom.

Je ris au wasserfall blond qui s'échevela à travers les sapins: à la cime argentée je reconnus la déesse.

Alors je levai un à un les voiles. Dans l'allée, en agitant les bras. Par la plaine, où je l'ai dénoncée au coq. À la grand'ville elle fuyait parmi les clochers et les dômes, et courant comme un mendiant sur les quais de marbre, je la chassais.

En haut de la route, près d'un bois de lauriers, je l'ai en-

tourée avec ses voiles amassés, et j'ai senti un peu son im-
mense corps. L'aube et l'enfant tombèrent au bas du bois.

Au réveil il était midi.

대략적으로 이해하는 데는 별 문제가 없는 이 시는 평행적인 두 개의 서술 구조로 이루어져 있다. 첫번째는 종교-서사적 구조로, 신적이고('déesse') 환상적인('palais' · 'dôme' · 'quais de marbre') 모티프와 함께 군대의 원정을 상기시킨다.('camps' · 'entreprise') 두번째 구조는 우리에게 동트는 과정을 보여 주는데, 날이 밝기까지의 여러 단계가 은유적으로 암시된다.

1. 모든 것이 아직 어둠에 잠겨 있다. 한 줄기 빛도 없어 아무런 풍경도 보이지 않는다.('rien ne bougeait' · 'l'eau était morte' · 'les camps d'ombre')

2. 어린아이가 숲 속을 걸어가면서 동물들을 방해한다. 아이는 그들이 숨쉬고('les haleines') 눈을 뜨며('les pierreries') 비상하는 것('les ailes')을 본다.

3. 숲 속보다는 조금 트인 오솔길 위에서 빛이 한 송이 꽃을 비추기 시작하고('de frais et blêmes éclats') 그 꽃은 자신의 이름을 말한다. 그 꽃이 활짝 피어 자신의 정체를 밝혀 주는 향기를 내뿜고 있다고 이해해야만 할까?

4. 나무들 사이를 지나, 아직 가지 위에 고여 있는 엷은 아침 안개를 비추는 태양은 황금빛('wasserfall blond') 혹은 은빛('cime argentée') 폭포를 닮았다.

5. 그때 아이는 안개 속을 뛰어가기 시작한다. 마치 자신이 그

안개를 쫓아 버릴 수 있다는 듯이, 안개 속에서 마구 팔을 휘젓는다.('Alors je levai un à un les voiles')

이 모든 추측들이 가능하기는 하지만, 랭보의 환상적인 세계를 그저 하나의 자연 현상에 대한 묘사로 대체시킬 권리가 우리에게는 없다. 왜냐하면 시는 서두에 새벽과 어린아이 사이의 신비스런 결합을 고지하고 있기 때문이다. 시적 텍스트는 그것이 언술하고 있는 것을 실현한다. 혹은 실현된 것으로 간주하도록 만든다. 즉 독자는 사실적인 양상에 따라 텍스트를 해독하거나, 혹은 여신과 화자 사이에 실제로 성행위가 있었는지를 생각해 보아서도 안 된다.

게다가 정확하게 무슨 일이 일어났는가? 시는 'au réveil, il était midi'라는 모호한 10음절로 끝나고 있다. 새벽을 맞이한 다음 잠이 든 것일까, 아니면 그 '새벽 사냥'이 한참 동안 전개된 한낱 꿈이었을까? 시적 언술의 수행적 가치는 논리의 존중이나 지시체의 현실성에서 생기는 것이 아니다. "시에서 일어나는 일은 절대로 일어나지 않는 일, 혹은 항상 일어나는 일이다. 그것 없이는 진정한 시가 아니다. 그것이 실제로 일어난다고 믿어서는 안 된다."(프리드리히 슐레겔, 《아테네움》, 1798에서 발췌)

그러므로 시는 자신이 말한 것을 비현실적인 것으로 보이게 함과 동시에 현실적인 것으로 보이게 하는 이상한 힘을 지니고 있다. 이러한 모순은 여러 가지 담론 형식을 사용함으로써 독자에게 부과되고, 이미지와 상징의 연금술적 놀이를 통해 형상화된다.

2. 시적 담론

언어학자 에밀 벵베니스트 이후로, 담론(le discours)과 이야 기(l'histoire)를 대비시키는 것은 아주 흔한 일이 되었다. 발화 자의 개입 없이 텍스트 전체가 자기 자신에 대해 언술하고 있는 것처럼 보인다면 그것은 이야기(histoire 혹은 récit)이고, 반대로 텍스트 속에서 누군가의 목소리를 들을 수 있고 그의 관점을 통 해 현실을 보게 된다면 그것은 담론이다. 그리하여 카뮈의 《이 방인》의 유명한 서두('aujourd'hui, maman est morte')에 들어 있는 두 단어('aujourd'hui'·'maman')를 실제로 이해하기 위해 서는, 우선 다음의 두 가지 질문에 대답해야 한다. 누가 말하는 가? 언제 그가 말을 하고 있는가? 그러나 '이야기/담론'의 대립 은 여러 가지 언어학적 범주에 따라 이루어진다.

인칭

벵베니스트가 비인칭(non-personnes)으로 간주한 il(s)/elle(s)과 는 대조적으로, 대명사 je(nous)/tu(vous)는 전형적인 담론의 표 지이다.

한정사

한정사는 세 가지 범주로 나누어 볼 수 있다. 말하는 사람이 나 라면, 나는 구별 없이 아래와 같이 말할 수 있다.

(a) ici

(b) dans la ville dont je viens de parler

(c) à Saint-Etienne

(b)는 담론의 두 순간 사이에 어떤 관계를 설정하도록 강요하긴 하지만, 두 순간의 결속력을 공고히 해준다. 몇몇 이론가들은 넓은 의미로 보아 이러한 유형의 한정을 조응적(anaphorique) 한정이라고 명명하였다. (a)는 언술 행위의 주변 상황을 지시한다. 즉 'ici'는 직시적(déictique)이다. (이러한 한정어를 연동소(embrayeur)라고 하기도 한다.)

(c)는 텍스트 외부에 있는 어떤 지리적 지시체를 가리킨다.

이 세 가지 범주(조응적/직시적/지시체적)는 다음의 경우에도 적용시켜 볼 수 있다.

―시간 및 공간을 나타내는 단어들. (직시적: ici, là-bas, maintenant, hier 등)

―지시사와 정관사. 예를 들어 'l'homme(ou cet homme) travaille'는 'l'homme que je vois'(직시적)를 의미할 수도 있고, 혹은 'l'homme dont j'ai parlé'(조응적)를 의미할 수도 있다.

시 제

여러 가지 자명한 이유들로 인해 이야기보다는 담론에서 현재 시제가 더 자주 사용되지만, 시제 사용에 있어서의 명확한 구분은 없다. 서술에서도 현재 시제가 사용되며, 심지어 미래 시제가 사용되기도 한다.

예) Napoléon est battu à Waterloo le 18 juin 1815; il mourra

en 1821.

위의 예에서 보듯이 한 가지 주목해야 할 예외 사항이 있다. 과거에 일어난 행위를 지속의 느낌 없이 표현하는 단순과거는 이야기의 시제, 텍스트의 시제인 반면, 지나간 사건과 언술 작용간의 간격을 나타내 주는 복합과거 시제는 담론의 논리에 속해 있다.

양태부여

(a) elle portait une robe verte

　　(그녀는 초록색 드레스를 입고 있었다.)

(b) elle portait la plus belle robe qui fût peut-être au monde

　　(그녀는 아마도 세상에서 가장 아름다운 드레스를 입고 있었다.)

(b) 문장에는 (a)의 초록이라는 색깔이 결여되어 있는 반면, 약간의 의심이 섞인('peut-être') 가치 판단(최상급)이 추가되어 있다. 의심과 같은 판단은 객관적 서술에 미묘한 차이를 부여한다. 발화자에 의해 이루어지는 이러한 작업을 양태부여라고 한다.

〈새벽〉(계속)

'J'ai embrassé l'aube d'été'의 10음절은 세 가지의 언술적 표지를 지니고 있다.

— 'j(e)'는 불확정적이지만, 한 명의 발화자 겸 행위자를 확실하게 자리잡게 한다. 우리는 마지막에 가서야 한 어린아이가 발

화자임을 알게 된다.

　—복합과거 시제('ai embrassé')는 'je'가 개인적인 사건을 이야기하고 있다는 느낌을 확실히 해준다.

　—정관사('l'aube')는 여름 새벽을 다른 계절들과 구별시켜 주고, 미리 새벽의 환상적인 의인화를 정당화하면서 과도한 보편화(날들만큼이나 많은 새벽이 있다)로 인해 새벽을 특이하게 보이게 한다.

　새벽이 모습을 보이지 않는 동안, 지속성을 나타내는 반과거 시제가 풍경의 부동성을 나타내 준다. 이윽고 'je'의 움직임이 일련의 신비스런 행동들을 촉발시키는데, 여기에 사용되고 있는 단순과거 시제는 서사시의 스타일을 패러디하면서, 자연의 세계에서 초자연의 세계로 미끄러져 들어감을 나타내 준다. 이러한 단순과거 시제들에도 불구하고, 언술 작용의 무게는 'je'의 미장아빔(mise en abîme) 덕에 유지된다. 즉 'je'는 화자이자 행위자이다. 그러나 우리에게 읽도록 주어진 이야기의 행위자로서의 'je'는 기호들을 해독하는 최고 역할자로서 개입한다.('une fleur qui me dit son nom, je reconnus la déesse')

　여신이 계시되고 나면 텍스트는 다시 자연적 관능주의로 흐르고, 복합과거가 이러한 희열의 향수어린 추억을 상기시키는 데 사용된다.('je l'ai entourée'·'j'ai senti') 그러나 고전 영화에서처럼 포옹 장면은 우리에게 보여지지 않는다. 'je'는 몰아적인 한 어린아이가 되고, 복합과거는 순수 이야기(récit)의 단순과거에 자리를 내준다. 이번에는 패러디의 의도가 들어 있지 않다.('tombèrent') 마침내 태양이 높이 떠올랐을 때는 더 이상 사람도 행동도 존재하지 않는다. 'il était midi.'

3. 오브제로서의 시

시가 지면 위에 채택하는 물질적 형식은 저자로 하여금 자신만의 독특한 목소리가 들리게끔, 아니 그보다는 그 목소리를 보게끔 해준다. 19세기말부터 시의 시각적·그래픽적 차원이 시의 음성적 성격에 비해 엄청나게 재평가되어 왔다. 알파벳적 전사에 의존하지 않고 말을 전달할 수 있는 기술의 사용(녹음판·라디오·전화)은, 말에 대한 글의 자율성을 증대시키는 데에 기여하였다. 그리하여 글쓰기 혹은 인쇄물에 고유한 요소들(구두점, 기호들의 배치, 활자 등)은, 모두 독특한 시적 능력을 구비하고 있다는 생각이 확고부동하게 자리잡았다.

구두점

산문에서는 구두점이 논리 기능과 표현 기능을 보장해 준다.
—논리 기능: 몇몇 구두점(쉼표(,)·세미콜론(;)·콜론(:)·마침표(.))은 담론을 서열화된 개체들로 분절하고, 서로간에 의존관계를 세우는 데 도움을 준다. 예를 들어 콜론은 설명이나 전개를 나타내 주고, 괄호나 대시(—)는 통사적 단절을 나타내 준다.
—표현 기능: 이외의 구두점들은 텍스트상에 나타나지 않는 어조의 변화를 나타내 준다.(느낌표·물음표·말줄임표)
위의 두 경우에 있어서는 구두점이 독립된 의미론적 가치를 지니지 않는다. 단지 목소리의 도움 없이 텍스트를 올바르게 해석할 수 있도록 독자를 안내하는 데 쓰인다. 그러나 시에서는 구두점이 언어를 구성하는 요소들과 동등한 위상을 획득한다.

구두점을 시에서 변조하는 첫번째 양식은 19세기에 행해진 것으로, 마치 독서를 방해하려는 양 구두점 기호를 마구 증식시키는 것이다. (예를 들어 랭보에게서 볼 수 있는 대시·말줄임표, 혹은 느낌표 등의 축적)

이와는 반대로 1912년 《알코올》이 완성될 무렵 아폴리네르는 모든 구두점을 없애기로 하는데, 이후로 그것은 20세기 시인들이 즐겨 사용하는 기법이 되었다.

조 판

전통적인 시의 조판은 엄격한 규칙에 따르고 있다. 즉 왼쪽에서 시행을 바꾸고, 각 시행의 첫문자는 대문자로 해야 하며, 절과 절 사이에는 공백을 두어야 하는 등의 규칙이 준수되어야 한다. 그러나 이러한 규칙은 전통 시뿐만 아니라 모든 시에 공통적으로 적용되며, 어떤 부가적인 미적 선택(삽화·책 크기·활자 등)을 하느냐에 따라 시집들이 조금씩 차이를 보일 뿐이다. 최근 들어 시인들은 지면이 하나의 폐쇄적인 빈 공간을 제공하고 있으며, 거기에다가 종이의 두 가지 차원에 따라 기호들을 배열함으로써, 구조화되고 의미를 생산하는 어떤 형태를 획득할 수 있다는 점을 인식하게 되었다. 이제 시는 낭독의 시간과 읽는 텍스트, 즉 시각적 텍스트의 공간에서 동시에 생각되어져야 한다.

활자 그림

아주 옛날부터 중시된 글자는 불규칙한 윤곽을 가진 하나의 커

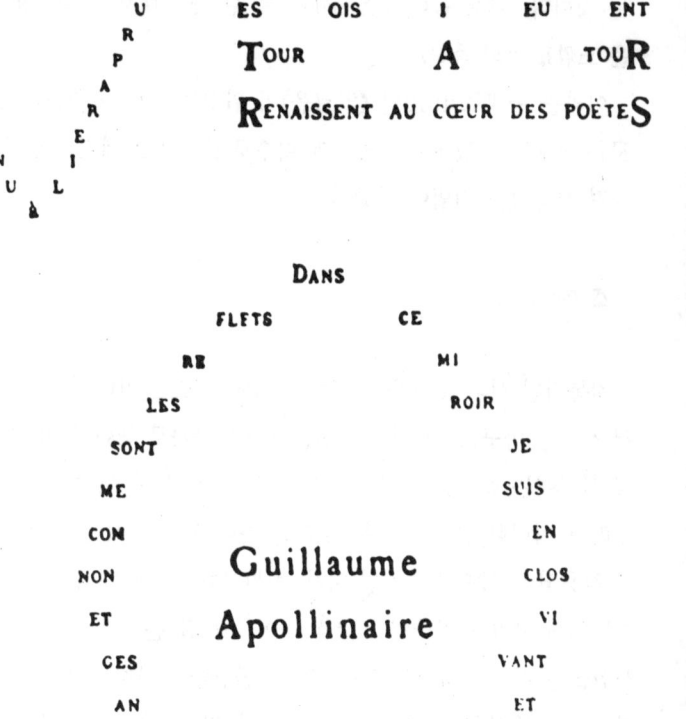

아폴리네르의 칼리그람, 〈심장, 왕관과 거울〉

다란 점이 되어 버린다. 글자의 언어적 가치와는 무관하게 글자들이 한데 모여 일종의 회색 도면 같은 것을 형성하고, 이 덕분에 시인들이 여러 가지 모양을 그릴 수 있게 되었다. 물론 이러한 유희는 독자가 텍스트와 활자적 모방을 통해, 그 텍스트가 형상화하고 있는 것 사이의 유사성을 간파할 때에 비로소 문학적 의미를 갖게 된다.(아폴리네르의 《칼리그람》 참조)

표면 활자술

구두점 외에 텍스트의 공간과 관련된 모든 코드화 형식들(지면상에서의 단어의 위치, 줄 간격, 활자의 크기)을 왜 사용하지 않는가? 바로 이 점에 착안하여, 말라르메는 자신의 시 〈주사위 던지기는 결코 우연을 배제하지 않을 것이다〉(p.196 참조)를 마치 노래 악보처럼 시적 언어의 완벽한 전사물로 만들고자 하였다. "……주요 모티프와 부차적 모티프의 활자의 차이가 어떻게 낭독할 것인가를 알려 주고, 지면의 상단·하단·중간에 위치한 보표가 억양의 상승 혹은 하강을 표기해 줄 것이다."

그 정도로 체계화되지는 않았지만, 많은 현대 시들이 텍스트의 공간적 해방에 힘입어 최대한으로 문자적 제약에서 벗어난 파롤의 원초적 형태들을 표현하려는 시도들을 하고 있다. 세계의 무한한 침묵을 흉내내어 지면을 하얀 공백으로 채우는 것도 이러한 시도들 가운데 하나이다.

활자적 리듬

하지만 텍스트가 이미 말한 것을 그 텅 빈 공간에서 읽어내지 않는 한, 공백처럼 해석하기 어려운 것도 없다. 게다가 문학적 효

〈추억할 만한 위기가 빚어졌을 그 어떤 결과도 없이〉
말라르메에

RIEN

de la mémorable crise
ou se fût
l'évènement

accompli en vue de tout résultat nul

humain

N'AURA EU LIEU
une élévation ordinaire verse l'absence

QUE LE LIEU

inférieur clapotis quelconque comme pour disperser l'acte vide

abruptement qui sinon
par son mensonge
eût fondé
la perdition

dans ces parages,

du vague

en quoi toute réalité se dissout

과도 적은 편이다. 사실 모든 자유시들이 나름대로 다 특별한 케이스들이다. 고정관념을 가지고 접근해서도 안 되며, 해설에 골몰하느라 텍스트의 참신함을 간과하지 않도록 각별히 신경을 써야 한다. 또한 공백을 주석으로 채우거나, 혹은 반대로 "독자의 활자에 대한 습관적 반응을 이용하여 평범한 산문을 운문으로 변장시키는"(니콜라스 뤼베, 《기호학적 수사학》, 1979) 어떤 위장으로 그 공백을 도식적으로 축소시키지 않도록 경계해야 할 것이다. 더욱이 활자술에 가치를 부여한다는 사실 그 자체가 시니피앙의 모든 측면이 자율적인 시니피에를 가지면서도, 동시에 전체적인 의미의 생산에 참여하기를 바라는 시적 원칙의 확대를 의미한다. 즉시의 폐쇄된 구조 내부에서 모든 것이 의미를 지니고 있는 것이다.

4. 자서전의 계략

《일뤼미나시옹》의 해설상의 미비점을 보강해 줄 수 있는 열쇠를 랭보의 자서전에서 찾으려 했던 사람들에 반대해서, 토도로프는 다음과 같이 단언하였다. "우리가 정말 해석을 이야기할 수 있을까? (……) 비평은 랭보가 이 텍스트를 쓰도록 자극했을 경험을 (매우 문제 제기적으로) 밝혀내는 것으로 만족하며, 그 텍스트가 무엇을 의미하는지는 생각지 않는다." 사실 시적 텍스트의 독서는, 원하든 원하지 않든간에 텍스트를 자료나 전텍스트로 변형시키는 전기적 탐구와 혼동되어서는 안 된다. 그러나 이러한 자명한 사실 외에 진짜 문제는 작가의 역사를 통해 시를 해설하는 것이, 심지어 이러한 선회가 문학적 해설에 불가피해 보이는 경우에도 여전히 부당한지를 알아보는 것이다. 말라르메의 《시》에서 차용한 다음의 예를 보자.

인 사

무(無), 이 거품, 순결한 시구
오직 술잔만을 가리키고,
저 멀리 세이렌의 무리들이
거꾸로 빠져 있다.

오! 내 각양의 친구들이여, 우리 항해하자.
나는 이미 선미(船尾)에 가 있고
자네들은 겨울과 벼락의 물살을 가르는
호화로운 뱃머리에 있다.

난 아름다운 취기에 휘감겨
배의 흔들림조차 두려워하지 않고
선채로 이 인사를 보낸다

고독, 암초, 별
우리 돛의 하얀 근심에
비길 만한 그 무엇에게나.

Salut

Rien, cette écume, vierge vers
A ne désigner que la coupe;
Telle loin se noie une troupe
De sirènes mainte à l'envers.

Nous naviguons, ô mes divers
Amis, moi déjà sur la poupe
Vous l'avant fastueux qui coupe
Le flot de foudres et d'hivers;

Une ivresse belle m'engage
Sans craindre même son tangage
De porter debout ce salut

Solitude, récif, étoile
A n'importe ce qui valut
Le blanc souci de notre toile.

　여기서 다시 한 번 두 개의 주제가 교차하고 있다. 바다의 항해('écume'·'sirènes'·'naviguons'·'poupe' 등)와, 오디세우스와 그의 동반자들처럼(세이렌에 대한 인유 참고) 말라르메와 그의 친구들이 주동이 된 시적 계획이 그것이다. 마지막 시행에 제시되어 있는 추락은 두 개의 동위체를 묶어 준다. 즉 'le blanc souci de notre toile'은, 말라르메식 침묵의 미학을 상징하는 하얀 백지를 지칭하는 동시에 뱃사람들이 지키고 있는 배의 돛을 지칭하고 있다. 그러나 광대함과 폭력을 함축하는 해양적 은유와 텍스트 전편에 흐르는 시적 불모성이라는 이상을 어떻게 양립시킬 것인가? 원래 〈건배〉라는 제목이 붙어 있었던 이 시가 작가들이 모인 한 연회장에서 낭송되었다는 사실을 모른다면 그것은 불가능하다. 말라르메에게서 흔히 발견되는 통사적 어려움을 극복하고 나면, 처음 두 시행은 쉽게 이해할 수 있다. 'cette écume'(샴페인 거품이자 내가 별뜻 없이 내뱉은 말)은 'vierge vers'(아무런 의미가 없는 순수시)와 동격을 이루면서, 오로지 'coupe'(샴페인 잔이면서 시구 나누기, 다시 말해서 제유법에 의하여 시 전체가 시의 리듬적 형태로 축소된다)를 강조하는 데 사용된다. 세 가지 보충적인 해설을 상정해 보자. 첫째, 우리가 마시는 샴페인은 건배를 하기 위한 구실에 지나지 않는다. 둘째, 나의 시는 우리가 함께 하는 건배 의식을 성대히 축하하려는 의도만을 가지고 있다. 셋째, 시는 순수 형식을 지향해야 한다. 그렇다면 3,4행에서 왜 'coupe'를 멀리 거꾸로 물에 빠져 있는 수많은 '세이렌'들과 비교하였을까?

거품밖에 분간이 되지 않기에 목격자는 익사 장소로부터 멀리 떨어져 있을 공산이 크다. 세이렌들의 전도는 두 가지로 설명될 수 있다. 즉 바다로 뛰어들면서 꼬리가 공중으로 나오게 되었거나, 아니면 이들이 몸은 여자이고 얼굴은 물고기인 가짜 세이렌들이다. 말라르메가 아이러니컬하게도 그의 충실한 종 세이렌들을 연금술의 표적이 되도록 만들어, 그들의 아름다운 합창 소리를 물고기들의 침묵으로 바꾸어 버린 것일 수도 있다. 이 모든 경우에 있어 맥락은 유머러스하며, 여전히 패러디의 양식에 입각하여 시인-창조가는 세이렌의 이미지로부터 항해의 주제를 전개시키고 있다. 세번째 절에서는 머리까지 취기가 올라, 서서 말하고 있는 사람의 몸이 앞뒤로 흔들리게 할 소지가 있는 샴페인에 대한 암시에도 빈정거림이 섞여 있고, 마지막에 장르의 법칙을 뒤엎으며 건배를 끝맺는 수수께끼 같은 '무엇에게나'도 야유적이다.

> A n'importe ce qui valut
> Le blanc souci de notre toile.

말라르메의 근엄한 텍스트에 초기의 그 익살스러움을 복원시킬 권리가 우리에게 있을까? 〈인사〉가 수록된 1898년의 시집 전체를 염두에 두고 생각해 본다면, 대답은 '그렇다'이다. 말라르메는 이 시집의 말미에 참고 목록을 덧붙였는데, 거기에서 〈인사〉에 대해 "최근 라플림(La plume)의 연회에서 주최자로서 건배를 들며 낭송한 소네트"라고 설명해 놓았다. 그리고 이 짧은 설명 끝부분에 세심하게도 이렇게 경고하고 있다. "엄청난 꼼꼼함이 미래의 주석자들에 대한 존경의 증거가 될 수도 있고, 어쩌면 그 꼼꼼함이 헛된 것일 수도 있다."

따라서 독자가 전기적 정보를 이용하는 데는 텍스트에 따라서 두 가지 방법이 있다.

─전기적 사실이 단순히 시적 작업의 원자재를 구성하고 있다면, 그것은 고려의 대상으로 삼지 않아도 된다. 예를 들어 라마르틴의 애정생활에 대한 지식은 그의 《명상 시집》을 읽는 데 전혀 도움이 되지 않는다.

─자서전이 텍스트의 해독에 필수적인 열쇠를 제공한다면, 또

한 그 자서전이 글쓰기 전략에 편입되어 있다면, 그 자서전은 시인이 자신의 독자에게 제시하는 꾀바른 게임의 일부를 구성하고 있으며, 거기에서는(작가와 독자, 그리고 자서전이) 각각 발화자·언술·수신자로서 자리를 잡게 된다. 시를 문학으로부터 삶과 글쓰기 사이에 자리한 매개 공간으로 중심을 이동시키는 것, 이것이 현대 시의 특징들 가운데 하나이다.

5. 시적 난해성

자서전의 계략적 이용은 시적 난해성의 한 형태에 지나지 않는다. 체계성을 갖춘 시적 난해성은 "그것이 무엇을 의미하는가?"라는 일반적인 질문에서 "그가 무엇을 말하고자 하는가?"로, 언술에서 언술자에게로 넘어가게 하면서 독자와 저자 사이에 어떤 공모관계를 구축해 놓는데, 그 관계 속에서 독자의 직관이 저자의 수수께끼에 대답하게 된다.

"시인은 마치 전령 비둘기처럼 그의 펜대에 메시지를 담고 있는데, 그 전언의 진짜 의미를 뽑아내기 위해서는 그 전언을 해독해야만 할 것이다."(르베르디)

"이 시들은(《신앙산》의 난해한 시들을 가리킨다) 독자에게서 훔쳤다고 생각한 사고 작용들에 대해 눈을 감은 경우였다. 내가 속임수를 쓴 것이 아니라 급작스러운 점을 좋아한 것뿐이다. 나는 어떤 공모가 가능하다는 환상을 갖게 되었고, 그 환상은 내게 점점 더 절실해졌다."(브르통, 《제1차 초현실주의 선언문》)

전통도, 텍스트 자체도 해결의 열쇠를 제공해 주지 않는 코드들의 자의적인 사용으로 정의되는 시적 난해성(l'hermétisme)은, 랭보 이후의 모든 시 작품에 다양한 수위와 여러 가지 형식으로 존재하고 있다.

〈새벽〉(계속)

텍스트 내적 난해성

주네트의 정의에 따르면, 상호 텍스트성(l'intertextualité)이란 모방·인용 혹은 인유(allusion)를 통한 "두 개 혹은 그 이상의 텍스트들간의 공존의 관계"이고, 내적 텍스트성(l'intratextualité)은 앞서와 동일한 방식으로 하나의 텍스트가 자기 자신을 참조하는 것을 말한다. 완전히 개별화된 요소들이 모여 하나의 전체를 이루고 있는 시집은, 한 작품에서 다른 작품으로 옮겨가며 단어들과 이미지들이 서로 화답하는 이러한 문학 작업에 특히 적합하다. 저자는 자기 자신과 대화를 나누며, 대개는 의도되지 않은 반복과 변주를 통해 자신의 상상 세계의 강박적인 형상들이 나타나도록 한다.

랭보의 경우 '여름 새벽(aube d'été)'은 《일뤼미나시옹》에서 두 번 더 나타나는데, 〈바퀴 자국〉이라는 시에서는 다음과 같이 등장한다. "여름 새벽이 나뭇잎과 안개와 이 공원 구석구석의 소음을 깨우고, 보랏빛 어둠에 잠겨 있는 왼편 비탈에는 축축한 도로의 황급한 바퀴 자국이 수없이 나 있었다." 이 사실적인 묘사는 〈새벽〉의 전반부에서 하나의 가능태로 제시되었던 지시체를 확실히 해준다. 특히 〈바닥〉이라는 시는 가까이할 수 없는 어떤 아름다운 여자를 성적으로 소유하지 못한 채, 밤새도록 그냥 바라보아야만 했던 '나(je)'(랭보?)의 불운한 사건을 이야기하고 있다.

"6월의 호전적인 새벽 아침, 바보 같은 나는 들판으로 달려갔다, 내 슬픔을 외쳐대고, 휘두르며, 근방의 사비나 사람들이 내 가슴팍에 달려들 때까지." 이 새벽 달리기는 절박한 육체적 욕망, 결국에는 분별 없이 충족시킬 방도를 찾는 이 욕망의 다급함을 분명하게 나타내 준다.

비록 랭보가 직접 이 《일뤼미나시옹》(이 시집은 1886년 펠릭스 페네옹에 의해 출간되었다)을 묶은 것은 아니라 할지라도, 그의 산문시가 가지고 있는 모호성이 시집의 횡단적 독서를 통해 부분적으로나마 밝혀질 수 있다. 우리가 지금 여기서 제시하고 있는 텍스트 내적 난해성은 공백과 파편화의 미학에 접합되어 있는 현대 시학의 주요 측면들 중 하나이다. 현대 시학은 독자로 하여금 끊임없이 시와 시집 사이를 오가며 변증법적으로 의미를 구축해 나가도록 강요한다. 그와 같은 이유로 현대 시학은, 현재 프랑스 중등 교육에서 행해지는 것과 같은 전통적인 텍스트 설명을 창의력이 빈곤한 학교 연습 문제에 불과하다고 비난하고 있는 것이다.

어원적 난해성

어떠한 시 속에서 독자가 단어들의 의미를 이해하는 것은, 그 의미가 사전적 의미이거나 수사학적 비유의 산물이기 때문이다. 그런데 선험적으로 찾아볼 수 없는 매우 낡은 의미가 단어에 부여되어 있는 경우가 종종 있다. 말라르메·발레리·생 종 페르스의 텍스트들이 갖고 있는 어휘적 어려움의 상당량이 아주 단순한 기법에서 기인한다. 즉 프랑스 단어의 의미를 그 단어와 어원적으로 관련되어 있는 외국어 단어나 고대 단어의 의미로 대체시키는 것이다. 〈새벽〉의 '어둠의 진영(camps d'ombre)' 은 텍스트 여러 군데에서 발견되는 '전쟁'이라는 동위체에 속하는 단어로 보인다. 따라서 시 해설자들은 어둠이 병사들과 은유적으로 동일시되어 있으며, 그들의 야영지가 아직 철거되지 않은 것으로 이해하였다. 그러나 'camps d'ombre'는 라틴어로 '귀신들이 사는 벌판(campi umbrarum),' 다시 말해서 베르길리우스의 《아이네이스》에 나오는 극락정토 혹은 지옥을 의미하기도 한다. 《아이네이스》와의 관련성은 우리에게 전혀 다른 해석의 가능성을 열어 준다.

상호 텍스트적 난해성

'camps d'ombre'에 대한 어원적 유희는 시 전체를 흔들어 놓는다. 《아이네이스》 6권에서 아이네이스는 지옥으로 내려가고자 하는데, 그러기 위해서는 먼저 황금가지를 꺾어야 한다. 다행히도 그의 어머니 베누스가 보낸 전령사인 두 마리의 비둘기의 인도를 받아, "황금이 나뭇잎 위로 찬란하게 반사되고 있는" 한 나무 앞에 다다른다. 여기서 랭보 시의 세 가지 요소를 탐지할 수 있는데, 자신의 이름을 말하는 꽃, 여신을 알아봄, 황금빛으로 반사되는 나뭇잎이 그것이다.

이제 퍼즐의 모든 조각이 모아진다. 《지옥에서의 한 계절》의 이야기는, 그 혼돈스런 쾌락이 그리스도교적 미덕의 바탕에서 필연적으로 악과 죄를 환기시키는 데 반해, 청명한 여름날 아침에 이루어진 〈새벽〉의 지옥으로의 하강은 자신의 몸을 향유하는, 아마도 자위 행위를 하는 어린아이의 기쁨을 표출하고 있는 것이다. 이렇게 서양 문명의 조상격인 고대 이교 문명을 원천으로 삼음으로써, 정숙함과 수치심의 시대를 단숨에 건너뛰어 서사적인 어조를 띨 수 있게 된다. 〈새벽〉과 극명한 대조를 이루고 있는 시는, 한 소녀가 밤에 은밀하게 자신의 본능에 몸을 내맡기는 〈첫번째 영성체〉라는 시이다.

소녀는 더 이상 어찌할 수가 없다. 몸을 뒤척이며,
가슴을 뒤로 젖히고, 한 손으로는 푸른색 커튼을 연다.
방 안의 신선한 공기를 조금이라도
이불 속, 자신의 뜨거운 배와 가슴으로 들여 놓기 위해서.
Et l'enfant ne peut plus. Elle s'agite, cambre
Les reins et d'une main ouvre le rideau bleu
Pour amener un peu la fraîcheur de la chambre
Sous le drap, vers son ventre et sa poitrine en feu.

이윽고 소녀는 새벽의 빛나는 하얀 베일들의 음산한 등가물인 "지붕 위의 검은 유령들을 좇아 버리기" 위해 밖으로 나간다.

ዐ· 웃음의 문채

만약 자신의 메시지를 헝클어 놓고, 독자를 헤매게 하는 시인의 책략이 어떤 진정한 즐거움을 창출해 내지 못한다면, 그것은 너무나도 터무니없고 우스꽝스러운 일이 될 것이다. 예컨대 단어와 이미지와 소리가 가져다 주는 쾌락, 의미의 미궁과 해석적 궁지의 유희적 구성, 완전한 공모하에 자기 몫을 담당할 준비가 된 참을성 있는 독자에게 제공되는 재미와 같은 즐거움을 창출해야 할 것이다. 산문의 사실주의는 시의 적이라기보다는, 시를 잘못 이해하여 언어 안에서 상상력이 쾌락적이고도 코믹하게 전개되는 것을 막는 딱딱한 문학 형태라고 볼 수 있다. 웃음은 시학의 구성 요건이며, 웃음의 수사는 고전 수사학의 대표적인 비유법만큼이나 그 메커니즘이 엄격하고 훌륭한 쓰임새를 가지고 있다. 여러 가지 다양한 웃음의 수사가 있지만, 그 가운데 세 가지 정도만 여기에 소개해 보도록 하겠다.

동음이의어 놀이

이것은 하나의 음성적 시니피앙에서 서로 다른 두 개의 시니피에를 듣게 하는 기법이다. 이 기법은 주로 동음이의의 각운에 활용되는데, 말라르메가 이 분야에 아주 특출나다.

> Muse, qui le distinguas,
> Si tu savais calmer l'ire
> De mon confrère Degas,
> Tends-lui ce discours à lire.
> ('ce discours à lire' 즉 '시' 는 'discours à lyre' 이기도 하다.)

로베르 데스노스의 이 깜짝 놀랄 만한 《우리들의 아버지》의 패러디와 같이, 초현실주의의 애매모호한 텍스트들에서도 이 기법은 활발하게 사용되고 있다.

> Notre paire quiète, ô yeux!
> Que votre 'non' soit sang (t'y fier?)

Que votre araignée rie……

(〈오모님므〉, 《육체와 재산》)

실렙시스

이 기법은 많은 문학적 말장난의 근저를 이루고 있다.

예) Morts de Quatre-vingt-douze et de Quatre-vingt-treize

(……)

　Calmes, sous vos *sabots*, brisiez le *joug* qui pèse……

(랭보)

실렙시스에 의해 '나막신(sabots)'과 '멍에(joug)'는 누더기를 걸친 혁명가들을 가리킴과 동시에, 암묵적·반어적으로 그들이 비유되고 있는 소를 가리키고 있다.

아이러니

동음이의어 놀이와 시적 실렙시스 밑에는 저자의 웃음과 화두에 대한 아이러니가 깔려 있다. 적절한 표지를 심어 놓음으로써, 웬만한 교양과 재능을 갖춘 독자라면 쉽게 해독해 낼 수 있는 볼테르식 아이러니가 아니라 훨씬 더 모호한 아이러니, 여러 가지 가능한 의미 작용 사이에서 끊임없이 주저하게 하고, 독자로 하여금 텍스트에 깔려 있는 함정과 미끼에 걸려들 위험을 무릅쓰고 스스로 결정을 내리게끔 유도하는 아이러니이다. 이러한 형태의 해결책 없는 아이러니에 대해서, 영미이론가 부스는 고전주의 시대의 안정된 아이러니와 대비되는 불안정한 아이러니라는 개념을 제시하였다.(《아이러니의 수사학》, 1974) 이렇듯 모호한 웃음은 풍부한 시적 잠재성을 지니고 있다.

1. 이렇듯 애매모호한 해학은 단지 수사학적 기법으로부터 나오는 것이 아니다. 텍스트에 장치된 이중성을 통해 눈에 보이는 현실이 진짜 현실이 아니며, 현실은 이런 것이 될 수도 있지만 완전히 그 역의 것이 될 수도 있음을 보여 주고, 그럼으로써 존재의 철학적인 문제 제기에 상응하는 불확정성의 공간을 문학 내에 창조해 낸다. 이러한 사유의 웃음을 이론가 프리드리히 슐레겔은 '공상적 아이러니'라고 칭한다. "하나의 사고는 완전히 반대되는 명제들의 완전한 통합, 즉 서로 상충하는 두 개의 사고의 끊임없는 교환을 통해 스스로 만들어지며, 아이러니의 경지에까지 도달한 완전한 개념이다. 오직 시만이 아직까지 철학의 경지에 올라설 수 있다. 시는 수사학처럼 단순한 (한낱) 아이러니적 이행에 기대지 않는다. 고대 시이건 현대 시이건, 시 전체에서 아이러니의 성스러운 숨결이 흘러나오는 시들이 있다. 진정으로 초월적인 익살은 그러한 시들 안에 숨쉬고 있다."(《아테네움》, 1798)

2. 관례적으로 논리와 유추적 사고는 서로 대비된다. 논리가 소수의 명확한 규칙들의 적용에 기반을 두고 있는 반면, 유추적 사고는 겉으로는 모순되는 것처럼 보이지만, 예컨대 시의 골조를 형성하는 이미지의 망과 같이 나름대로 일관성을 지니고 있다. 이두 가지 사유 방식은 제각기 상상력의 자유를 제한하고 있다. 오직 삶에 의해서만 모든 이성적인 속박에서 해방될 수 있는 상상력, 그러한 상상력을 제한하는 이 두 가지 방식은 보들레르 이후 모든 시적 '혁명'의 보조 동력, 아니 주동력이라 할 수 있다.

〈새벽〉(마지막)

이 시에는 모호한 점이 한 가지 더 있다. 왜 아이는 단지 '약
간(un peu)'만 새벽의 거대한 몸을 느꼈을까? 새벽 안개는 손으
로 만질 수 없고, '거대한 몸'은 어린아이의 팔로는 감싸기가 쉽
지 않은 것이 사실이다.

이 두 가지 설명은 모두 그럴 듯하지만 시적으로는 전혀 흥미
롭지 못하며, 이러한 묘사의 무동기성을 전혀 해소해 주지 못한
다. 우리는 여기서 랭보의 또 하나의 시, 〈7세 된 시인들〉을 살펴
보아야 한다. 이 시는 아래와 같은 즐거움 외에는 다른 즐거움을
가지지 못하는 한 어린아이의 문학적·성적 좌절을 상기시키고
있다.

> 저 아래에, -혼자 생마포 조각들 위에 누웠다,
> 돛을 강렬히 예감하며.
>
> En bas, -seul, et couché sur des pièces de toile
> Écrue, et pressentant violemment la voile.

모순어법, 'pressentant violemment'은 여러 가지로 해석될 수
있다.

1. 랭보는 배에 타기를 강렬히 욕망한다.(〈취한 배〉와 비교) 그
러나 자신의 집에 갇혀 난바다의 부름을 예감할 수 있을 뿐이다.

2 돛은 천조각, 아이가 그 밑에 누워 수음을 하고 있는 홑이
불을 은유적으로 지칭한다. 'Pressentant'은 동음이의어 놀이이
다. pressentant=pressant tant(si).

이렇게 해서 우리는 랭보의 개인적 어휘장 내에서, 예감하다

(pressentir, 혹은 '어렴풋이 느끼다(sentir un peu)')는 결국 '그토록 많이 누르다(presser tant)'를 의미한다는 해석에 이르게 된다. 이 내적 텍스트의 동음이의어 놀이는 〈새벽〉의 'j'ai senti un peu'를 설명해 준다. 게다가 새벽(L'aube)은 여명(aurore)일 뿐 아니라, 실렙시스에 의해 순결의 상징인 장백의(사제가 미사 때 걸치는 하얀 옷)가 되기도 한다. 아이의 새벽 열광은 가톨릭 제의(祭衣)에 대한 외설스런 모독으로 끝나게 되고, 이러한 전략은 시의 논리 속에 새겨져 있다.

의미에 대하여

시에 대한 설명이 몇 가지 수사학적 개념의 도움을 받아, 저자가 친절하게 자신의 작품 속에 뿌려 놓은 아름다움과, 그 안에 포함시킨 의미를 탐지해 내는 것을 목표로 하는 평온한 텍스트 주해로 요약되던 시대는 이미 멀어졌다. 이제 정말로 새로운 장이 열렸다. 그러나 안도의 한숨을 내쉴 겨를도 없이, 몇 가지 정의해야 할 기본 개념과 함께 의미의 문제가 다시 제기된다.

1. 시니피앙스와 시니피오즈

우선 시 자체, 그 내재적 실체 외의 것을 분석에 개입시키지 않도록 조심하는 것이 가장 중요한 점으로 보였다. 시의 특정 부분을 설명해 줄 수 있는 전기적 상황이나 작품이 지시하는 현실의 대상을 참조하는 것이 금지되었고, 미리 만들어 놓은 해설 도식을 텍스트에 갖다 붙이는 것도 기피되었다. 시의 설명이 단일한 하나의 의미를 밝혀내는 것을 목적으로 삼고 있다는 믿음은 사라졌다. 더욱이 그러한 단일 의미의 발견은 시에 대한 흥미를 앗아가 버리는 것이기도 하였다. 시는 더 이상 하나의 의미를 형태화한 것으로 간주되지 않았다. 시는 의미를 생산해 내는 기계, 전적으로 텍스트와 독자에 의해서 작동되는 의미 생산기계로 간주되기 시작하였다. 언어적 언술의 일반적 의미와 시적 의미를 구별하기 위해서, 리파테르는 하나의 시 속에서 모든 것이 어떤 의미를 획득하도록 해주는 이 특별한 힘을 시니피앙스라고 칭하였다. 왜냐하면 모든 것이 의미를 가지기 때문이다. 단어·공백·이미지·소리, 거기에다가 지면 크기·활자술·구두점 등 모든 것이 의미를 갖는다. 가재나 고래처럼 시는 모든 부분이 다 쓸모가 있고, 바로 그 점이 문제가 된다. 결국에는 의미의 무한한 증식이 단 하나의 의미도 해독해 내지 못하게 만들고, 시니피앙스는 시니피오즈로 전락하게 되는 것이다.

2. 해석의 모델

시가 계속해서 의미를 가지기 위해서는, 분석 가능한 제한 장치 및 통제 장치들이 텍스트에 적절히 배치되어 있어야 한다. 이러한 비평 방식은 비밀묻기 작업을 오직 글쓰기의 최고 단계에만 할당하고, 상관적으로 독자에게서는 어떠한 해석학적 작업을 기대하도록 유도한다.

"해석학의 목적은 가장 높은 수준에서의 이해이다. 하위 기준: 모순에 부딪히지 않고 우리가 실제로 파악한 모든 것을 이해하였다. 상위 기준: 모든 관계와 맥락 속에서 우리가 재구성한 것만을 이해하였다."(F. D. 슐라이어마허, 《일반 해석학》, 1808-1810)

슐라이어마허는 1805년에 이 두번째 기준을 보다 명확히 다듬었다. "나는 그 필요성을 느끼지 못하거나 구조화할 수 없는 것들은 이해하지 못한다. 이러한 기준에 의해 이해한다는 것은 끝이 없는 과업이다."

겉으로 보기에 해석학은 저자의 전통적인 특권을 복원해 주고 있다. 그러나 이때의 저자는 전기상의 저자가 아니다. 저자의 형상은 해석 과정을 통해 구축되며, 의식적이든 아니든 가장 무심한 독자가 그가 인식한 텍스트 위에 투사한 가정의 허구적 형상이다.

3. 몇 가지 실제적인 조언

해석학적 시도가 성공을 거두기 위해서는 그 작업이 정확하고 조직적이어야 한다. 학생 여러분들은(지금의 이 조언은 바로 학생들을 위한 것이다) 시 텍스트를 처음 대할 때부터 확실하고 익숙한 과정을 밟는 것이 이롭다. 그래야 불필요하게 주저하거나, 혹은 반대로 성급하게 잘못된 방향으로 접어드는 것을 피할 수 있다. 우리가 여기에서 제시하는 것은 하나의 시를 철저히 조사하기 위한 상세한 도식이 아니라, 적정 시간 안에 일관성 있는 주석을 생성해 내기 위해서 필수적으로 거쳐야 할 단계들이다.

1. 먼저 시를 읽어야 한다. 그리고 모든 문자적 해석상의 어려움(논리적·통사적·어휘적 어려움)을 해결하기 위해서, 혹은 최소한 그 어려움들을 탐지해 내기 위해서 충분히 재독해야 한다. 부실한 해설의 대부분이 나태한 독서에 기인한다. 주의를 기울여 읽지 않으면, 해석상의 난점이 해결되지 않을 뿐 아니라——그리고 누가 진짜로 그것을 비난하겠는가?——해석이 안 되는 부

분이 있었는지조차 눈치채지 못하게 된다.

1-1. 이 첫번째 단계를 마치고도 모호한 부분이 남아 있다면, 독자는 분석을 하면서 그 부분을 해결해야 한다는 사실을 잊어서는 안 된다. 바로 그 부분에 텍스트의 비밀이 있을 공산이 크다.

2. 모든 설명은 분석적이고 와해적이다. 시의 통일성을 파괴하기 전에, 우선 표면상으로 잘 파악되지 않는 그 시의 심층적인 구조나 구조들을 파악하는 것이 좋다. 게다가 텍스트 분석이란 결국 이러한 심층 구조들을 밝혀내는 일이 전부이다. 이 두번째 단계에서 하는 일은 초안을 잡는 일, 달리 표현하자면 점선으로 된 구조물을 만드는 일이다.

3. 독자가 자신의 가정을 구체화시켜 줄 최초의 직관의 인도를 받지 못한다면 해석 작업은 불가능하다. 이러한 직관을 활성화시키기 위한 특별한 규칙은 없고, 그저 텍스트의 성격과 분석자가 어떠한 테크닉들을 선호하느냐에 달려 있다. 하지만 즉각적으로 인지됨으로써 학생들을 장황한 주석이 난무하는 지옥으로 인도하는 표면적인 의미에 의존하기보다는, 형태와 미세한 부분에 대한 꼼꼼한 고찰로부터 시작하는 것이 바람직하다.

4. 일단 비판적 직관이 형성되면 가정을 공고히 하고, 미묘한 변화를 주기 위해 보다 체계적인 검토에 착수해야 한다. 지금까지 이 책에서 다루었던 모든 문제들을 검토하게 될 것이다. 이 단계는 매우 길고 때로는 고되지만, 여전히 필수불가결한 단계이다. 시인들이 자신들의 독자에게 "내게 좋은 생각이 있소. 당신이 작업을 할 차례요"라로 말하는 이러한 꾀바른 설명처럼 짜증나는 일은 없다. 그러나 절대 텍스트의 통일성을 간과해서는 안 된다. **최소한의 일반적인 가정을 세움으로써 최대한으로 꼼꼼하게 고**

찰하는 것, 이것이 황금 법칙이다.

5. 마지막 작업은 종합과 평가이다. 이것은 재고의 순간이기도 하다. 하나도 빠짐없이 잘 살펴보았는가? 나는 진정 분석의 첫단계에서 발견했던 장애물들을 극복하였는가? 설득을 목표로 하고 있는데, 우선 내 자신이 충분히 납득하고 있는가? 어느 분야에서나 그렇듯이 문학 비평에서도 지적 정직함은 환영받는다.

4. 즐거움과 의미

그렇다면 즐거움은 어디에 있는가? 꼭 시를 분석해야만 그 시를 향유할 수 있는 것인가? 아마도 아닐 것이다. 사진 작가가 아니어도 풍경을 좋아할 수 있듯이, 우리는 분석하지 않고도 시를 즐길 수 있을 것이다. 헛된 논쟁은 피하도록 하자. 독자들은 문학을 오용하는 야만인들이 아니며, 주석가들도 비뚤어진 무능력자가 아니다. 읽는 것과 해설하는 것은 근본적으로 상이한 두 개의 활동이다. 전자는 미술관을 방문하거나 운동을 하는 것처럼 교양적 범주에 속하는 것이고, 후자는 인간으로 하여금 자기 자신과 자신의 행동과 자신의 사유와 자신의 쾌락을 보다 극명히 인식하도록 도와 주는 오래 된 지적 전통을 이어가고 있는 것이다.

5. 미치광이, 열쇠, 그리고 가로등

자정이 지난 시각에 어느 한 미치광이가 가로등 아래서 땅바

닥을 유심히 살피고 있다. 마음씨 좋은 한 남자가 지나가면서 묻는다. "뭘 찾고 있습니까?"——"내 열쇠요." 미치광이가 대답한다.——"여기서 열쇠를 잃어버렸어요?"——"아뇨, 저쪽에서요." 미치광이는 칠흑 같은 어둠 속 어느 한 곳을 가리켰다. "그런데 왜 여기서 찾습니까?" 미치광이가 대답한다. "불빛이 여기 있으니까요."

문학 비평은 가로등 불빛을 좋아한다. 그러나 미치광이는 아니므로, 불가사의한 시 속으로 들어가기 위해 임의로 거짓 열쇠를 발견하였음을 알고 있다. 그러나 이러한 용이함에 저항할 줄 알아야 한다. 핵심적인 것은 어둠에 잠겨 있다. 우리의 빛은 약하고, 앞으로 나아가기 위해서는 시간이 필요하다. 가로등 주위에 달라붙지 않는다는 조건하에서 말이다. 로만 야콥슨은 "나는 뭔지 모르겠다(je ne sais quoi)"에 의해 문학을 설명하는 것이 과학적 용어로 문학에 대해 이야기하는 것을 막는다고 생각하였다. 그의 말이 옳았다. "나는 뭔지 모르겠다"가 아니라 "나는 아직 그것이 뭔지 모르겠다(je ne sais pas encore quoi)"라고 해야 할 것이다.

역주

1) 테사리아 지방의 한 왕국의 왕자 이아손은 숙부인 펠리아스로부터 왕위를 반환받기 위해 숙부가 제안한 모험을 감행한다. 그것은 콜키스 왕국에 있는 금빛 양모를 되찾아오는 일이었는데, 이를 위해 이아손은 아르고스로 하여금 50명을 수용할 수 있는 배를 만들게 하고, 만든 사람의 이름을 따서 '아르고'라고 명한다. 모험을 좋아하는 그리스의 젊은이들이 초청되었고, 그 중에는 헤라클레스·테세우스·오르페우스·네스토르와 같은 영웅들도 끼어 있었다. 이들은 배의 이름을 따서 '아르고호의 선인들'이라 불려졌고, 이아손을 대장으로 하여 양모찾기 모험을 떠난다.

2) 프랑스어의 le vers는 한국어로 '시구'나 '시행'을 의미한다. 작시법의 규칙을 지키는 단위로 사용되었을 때는 '시구'라는 표현으로 번역하고, 단순한 행의 의미로 사용되었을 때는 '시행'으로 번역하였다.

3) 프랑스어의 le poème과 la poésie는 한국어로 번역하면 똑같이 '시'가 된다. 하지만 프랑스어에서 le poème과 la poésie는 서로 다른 뜻을 가지고 있는데, 전자는 장르와 상관없이 문학성을 의미하는 '시'의 의미를 지니고 있고, 후자는 장르 구분에서 산문에 대립하는 '시'의 개념이다. 가령 '산문시'라고 표현할 때 la poésie en prose라고 하지 않고 le poème en prose라고 하는 것은, 산문시가 산문으로 이루어진 시적 글이라는 뜻이 된다.

4) 프랑스어에서 le vers libre와 le vers-libre는 구분하여 사용하는 것이 보통이다. 전자는 고전주의 시대에 음절수가 다른 시행들을 혼합하여 사용한 경우를 일컫고, 후자는 상징주의 시대에 작시법을 벗어나 자유로운 시 표현을 구가하는 새로운 시도로 이루어진 것이다.

5) 프랑스어의 le verset와 la strophe는 한국어로 번역하면 똑같이 '시절'이 된다. 전자는 성서와 찬송가의 절·운율에 있어서 한 호흡을 리듬의 단위로 한 시의 절을 의미하는 반면, 후자는 일반적으로 시의 한 연을 의미한다.

6) Henri Morier, Dictionnaire de poétique et de rhétorique, PUF, 1989; 1ᵉʳ éd.: 1961. (원주)

7) 바다 위에 둥지를 띄우고, 알을 까기 위해 풍랑을 가라앉힌다고 여겨지던 그리스 전설의 새이다.

8) 몇몇 경우에는 운율적(prosodique)이라는 용어를 쓰기도 한다. (원주)

참고 문헌

1 르네상스 시대부터 현재까지의 이론서와 시학 관계서적 선별

● 르네상스-19세기(연도순)

1392: DESCHAMPS, *L'Art de dictier*.

1405-1525: *Recueil d'Arts de seconde Rhétorique*, publié par E. Langlois, Paris, 1902.

1548: SÉBILLET, *Art poétique françoys*.

1549: DU BELLAY, *Deffence et illustration de la langue françoyse*.

1555: PELETIER, *L'Art poétique*.

1560: RONSARD, *Abrégé de l'Art poétique françois*.

1574: VAUQUELIN DE LA FRESNAIE, *Art poétique*.

1605: MALHERBE, *Commentaire sur Desportes*.

1610: DEIMIER, *L'Académie de l'art poétique*.

1674: BOILEAU, *L'Art poétique*.

1716: FÉNELON, *Projet de poétique*(1714년에 쓰여짐).

1744: VICO, *Scienza Nuova*.

1758: DIDEROT, *Discours sur la poésie dramatique*.

1787: MARMONTEL, *Éléments de littérature*.
CHÉNIER, *L'Invention*.

1798-1800: *L'Athenaeum*(revue des frères Schlegel).

1821: SHELLEY, *Defence of Poetry*.

1827: HUGO, *Préface de* 〈*Cromwell*〉.

1844: VIGNY, 〈*La Maison du berger*〉, *Les Destinées*.

1864: HUGO, *William Shakespeare*.

15 mai 1871: RIMBAUD, *Lettre à Paul Demeny*, 세칭 *Lettre du Voyant*.

1882: VERLAINE, *Art poétique*.

1886-1896: MALLARMÉ, *Crise de vers*.

1895: MALLARMÉ, *Quant au livre*.

● 20세기(알파벳순)

ARAGON Louis, 〈La Rime en 1940〉, in *Le Crève-cœur*, Paris, Gallimard, 1961.

BONNEFOY Yves, *L'Improbable et autres essais*, Paris, Gallimard, 1980.

BRETON André, *Manifeste du surréalisme*, Paris, Pauvert, 1962.

CLAUDEL Paul, *Réflexions et propositions sur le vers français*, Paris, Gallimard, 1925.

COCTEAU Jean, 〈Le Secret professionnel〉, in *Le Rappel à l'ordre*, Paris, Grasset, 1926.

MICHAUX Henri, *L'Espace du dedans*, Paris, Gallimard, 1944.

PONGE Francis, *Méthodes*, Paris, Gallimard, 1961; *Pratiques d'écriture*, Paris, Hermann, 1984.

REVERDY Pierre, *Le Livre de mon bord*, Paris, Mercure de France, 1948.

SUPERVIELLE Jules, 〈En songeant à un art poétique〉, in *Naissances*, Paris, Gallimard, 1951.

TZARA Tristan, 〈Gestes, ponctuation et langage poétique〉, in *Œuvres complètes*, Paris, Flammarion, t.V, 1982.

주: 이상의 저서들을 읽을 수 없다면, 다음의 선집들을 참고하는 것이 유용할 것이다.

CHARPIER Jacques; SEGHERS Pierre, *L'Art poétique*, Paris, Seghers, 1956.

GLEIZE Jean-Marie, *La Poésie. Textes critiques, XIVᵉ-XXᵉ siècle*, Paris, Larousse, 1995.

2 역사적인 요소들

● 로베르 사바티에의 저서를 제외하고는 시사(詩史)에 관한 최근 저서가 거의 없으므로, 전공 논문이나 문학 개론을 참조해야 한다. 이러한 상대적 빈곤함 속에서도 몇몇 저서가 주목할 만하다.

LOTE Georges, *Les Origines du vers français*, Genève, Slatkine reprints, 1973(1ʳᵉ éd.: 1949).

ZUMTHOR Paul, *Essai de poétique médiévale*, Paris, Le Seuil, 1972.

PAYEN Jean-Charles et CHAUVEAU Jean-Pierre, *La Poésie des origines à 1715*, Paris, Colin, 1968.

WEBER Henri, *La Création poétique au XVIᵉ siècle en France*, Paris, Nizet, 1955.

LAFAY Henri, *La Poésie française du premier XVIIᵉ siècle*, Paris, Nizet, 1975.

RAYMOND Marcel, *De Baudelaire au surréalisme*, Paris, Corti, 1966 (1ʳᵉ éd.: 1940).

BERNARD Suzanne, *Le Poème en prose de Baudelaire jusqu' à nos jours*, Paris, Nizet, 1958.

3 리 듬

● 리듬의 문제에 있어서는 프랑스 작시법을 숙지하는 것이 필수적이다. 다소 시대에 뒤떨어진 감이 없지 않으나 다음의 저서들에서 작시법에 관한 사항들을 찾아볼 수가 있다.

DELOFFRE Frédéric, *Le Vers français*, Paris, SEDES, 1979.

ELWERT W. Theodor, *Traité de versification française des origines à nos jours*, Paris, Klincksieck, 1965.

LE HIR Yves, *Esthétique et structure du vers français d'après les théoriciens du XVIᵉ siècle à nos jours*, Paris, PUF, 1956.

MAZALEYRAT Jean, *Éléments de métrique française*, Paris, Colin, 1974.

● 고전 작시법에 대해 알아보았으면, 그 다음에는 시구, 시구의 성격, 리듬 혹은 낭독법과 관련된 최근의 논의들을 살펴보는 것이 좋을 듯하다.

CORNULIER Benoît de, *Théorie du vers*, Paris, éd. du Seuil, 1982; *Art poétique*, Lyon, P.U. de Lyon, 1995.

KIBÉDI VARGA A., *Les Constantes du poème*, Paris, Picard, 1977.

MILNER Jean-Claude et REGNAULT François, *Dire le vers*, Paris, éd. du Seuil, 1987.

ROUBAUD Jacques, *La Vieillesse d'Alexandre*, Paris, Ramsay, 1988.

SPIRE André, *Plaisir poétique et plaisir musculaire*, Paris, Corti, 1949.

● 마지막으로 매우 상이한 성격을 지니고 있지만, 프랑스 시에 대한 기념비적인 저서라 할 수 있는 다음의 두 저서에 도전해 보도록 하자.

MESCHONNIC Henri, *Pour la poétique*, I, II, III, Paris, Gallimard, 1970-

1973; *Critique du rythme*, Paris, Verdier, 1982; *Les États de la poétique*, Paris, PUF, 1985.

MORIER Henri, *Le Rythme du vers libre symboliste*, Genève, Presses académiques, 1943-1944; *Dictionnaire de poétique et de rhétorique*, Paris, PUF, 1989(1ᵉ éd. 1961).

4 음성학과 시학

● 최대한 명확하고 구체적인 음성학 개론서로는 아래 저서를 들 수 있다.
THOMAS Jacqueline, BOUQUIAUX Luc, CLOAREC-HEISS France, *Initiation à la phonétique*, Paris, PUF, 1976.

● 시에서의 소리에 대한 연구는 로만 야콥슨이 표명한 바와 같은 변별적·구조적 음성학의 원칙들을 기반으로 이루어졌다.
Six leçons sur le son et le sens, Paris, éd. de Minuit, 1976; *La Charpente phonique du langage*, Paris, éd. de Minuit, 1980.

● 이러한 음성학적·음운론적 개념들의 문학적 적용에 관해서는,
─시학의 전영역을 다루고 있는 이론서인
KERBRAT-ORECCHIONI Catherine, *La Connotation*, Lyon, Presses universitaires de Lyon, 1978을 참고하거나
─아니면 잡지나 공동 논문집에 게재되어 있는 개별 연구들을 참조할 수 있다. 이 중 가장 유명한 것은
JAKOBSON Roman et LÉVI-STRAUSS Claude, 〈Les Chats de Charles Baudelaire〉, in *Questions de poétique*, Paris, éd. du Seuil, 1973이다.

5 이미지와 상징

● 이미지는 시인에게 있어 여왕과 같은 존재이다. 이미지에 관해서는 너무나 많은 이론서들이 있으므로, 여기서는 그 중에서도 특별히 의미 있는 저서들만을 소개하겠다.
GENETTE Gérard, *Figures III*, Paris, éd. du Seuil, 1972.
GLEIZE Jean-Marie, *Poésie et figuration*, Paris, éd. du Seuil, 1983.
GREIMAS Algirdas Julien, *Sémantique structurale*, Paris, Larousse, 1966.

GREIMAS Algirdas Julien, (dir.), *Essais de sémiotique poétique*, Paris, Larousse, 1972.

GROUPE MU, *Rhétorique générale*, Paris, Larousse, 1970.

GROUPE MU, *Rhétorique de la poésie*, Paris, éd. Complexe, 1977.

KLINKENBERG Jean-Marie, *Le Sens rhétorique*, Bruxelles, éd. Les Eperonniers, 1992.

LE GUERN Michel, *Sémantique de métaphore et de la métonymie*, Paris, Larousse, 1973.

MOLINO Jean et TAMINE Joël, *Introduction à l'analyse linguistique de la poésie*, PUF, 1982.

RASTIER François, *Sens et textualité*, Paris, Hachette, 1989.

RICŒUR Paul, *La Métaphore vive*, Paris, éd. du Seuil, 1975.

RIFFATERRE Michel, *Sémiotique de la poésie*, Paris, éd. du Seuil, 1983.

● 용어의 개념 정의를 살펴보려면, 위에서 언급한 앙리 모리에의 사전 외에 다음의 저작을 참고할 수 있다.

DUPRIEZ Bernard, *Gradus*, Paris, UGE, 1984.

6 나, 나는…

● 여기서도 다른 곳에서와 마찬가지로 형식화가 가장 쉬운 부분, 즉 언술부터 살펴보는 것이 좋을 것이다.

BENVENISTE Émile, *Problèmes de linguistique générale*, I et II, Paris, Gallimard, 1966 et 1974, passim.

CERVONI Jean, *L'Énonciation*, Paris, PUF, 1987.

COQUET Jean-Claude, *Le Discours et son sujet*, Paris, Klincksieck, 1984-1985.

KERBRAT-ORECCHIONI Catherine, *L'Énonciation. De la subjectivité dans le langage*, Paris, Colin, 1980.

● 시 텍스트의 가시가독성(vi-lisibilité)에 대해서는, 구체적인 적용에 대해 논한 작품보다는 짤막하지만 암시적인 소논문이 더 많다. 여기서는 몇몇 공동 논문집을 소개해 보고자 한다. 그 속에는 안 마리 크리스틴의 논문들도 실려 있다.

Écritures, systèmes idéographiques et pratiques expressives, Paris, Le Sycomore, 1982.

L'Espace et la Lettre, Paris, UGE, 10/18, 1977.

Rhétoriques, sémiotiques, Paris, UGE, 10/18, 1979.

● 언술자의 개입과 그것이 텍스트에 가져온 결과는 시 이론가들에게 하나의 도전이었다. 다른 이론적 문제들과 뒤얽혀 매우 통찰력 있는, 혹은 지적 흥미를 유발시키는 몇몇 논문들을 이끌어 냈다.

CHARLES Michel, *Rhétorique de la lecture*, Paris, éd. du Seuil, 1977.

KRISTEVA Julia, *La Révolution du langage poétique*, Paris, éd. du Seuil, 1974.

TODOROV Tzvetan, *Symbolisme et interprétation*, éd. du Seuil, 1978.

● 지금까지와는 다른 관점을 지닌 저작 한 편이 주체·텍스트·지시체로 구성된 시적 트로이카에 대한 탁월한 고찰을 보여 주고 있다.

COLLOT Michel, *La Poésie moderne et la structure d'horizon*, Paris, PUF, 1989.

● 마지막으로 웃음과 시와의 관계에 대해서는 다음의 책들을 참고할 수 있다.

EMELINA Jean, *Le Comique, essai d'interprétation générale*, Paris, SEDES, 1991.

VAILLANT Alain, *Le Rire*, Paris, éd. Quintette, 1991.

● 아쉽게도 지면 관계상 잡지에 실린 논문들을 이 참고 문헌란에 싣지 못했다. 그러나 그러한 논문들은 가장 최근의 연구 결과들을 담고 있으므로 학생들의 수준이 조금씩 다 다르고, 직접적으로 얻어지는 이익이 때로는 별로 없다 하더라도 언어와 문학 분야의 정기간행물을 꼼꼼이 살펴보기 바란다. 특히 *Langue française, Langages, Littérature, Poétiques, Revue des sciences humaines, Textuel* 등의 잡지는 꼭 참고하기 바란다.

나는 수업 시간에 학생들에게 "시란 무엇입니까?"라는 질문을 곧잘 던진다.

학생들은 보통 한동안 침묵.

"시란 침묵입니까?"

학생들은 그래도 한동안 침묵.

그래서 나는 "침묵은 언어입니까? 다시 말해 여러분은 지금 제 질문에 침묵으로 대답하고 있는 것입니까? 아닙니까?"라고 묻는다.

그때부터 학생들은 몽롱한 상태에서 깨어나는 듯 조금씩 흔들린다. 침묵이 언어라는 학생도 있고, 아니라는 학생도 있다. 그러면 나는 이렇게 대답한다.

"침묵은 언어로 사용될 때도 있고, 언어로 사용되지 못할 때도 있습니다. 가령, 잠자고 있는 사람에게 질문을 던지면 그는 대답하지 않습니다. 이때 나타나는 침묵은 언어가 아닌데, 그 이유는 대화 상대자가 없기 때문입니다. 하지만 지금처럼 제가 여러분에게 '시란 무엇입니까?' 라고 질문을 던졌을 때 침묵을 지키면 그것은 하나의 언어가 됩니다. 다시 말해, 반항을 한다거나 망설인다거나 아니면 잘 모른다는 뜻입니다."

학생들의 눈은 점점 또렷해지고, 드디어 수업할 준비가 되어 있다. 나는 다시 질문을 던진다.

"시란 무엇입니까?"

"시는 자신의 느낌과 감정을 표현한 글입니다."

"옳습니다. 하지만 일기도 자신의 느낌과 감정을 표현하지요."

"압축된 언어로 쓰여진 글입니다."

"옳습니다. 하지만 광고 문안이나 표어 등도 압축된 언어로 되어 있지요."

"작가의 철학이나 생각을 나타내는 글입니다."

"그렇죠. 하지만 철학서나 논설문도 글쓰는 이의 철학이나 생각을 나타내지요."

"시에는 리듬이 있습니다."

"좋은 지적입니다. 하지만 음악도 리듬을 가지고 있지요."

한동안 다시 침묵.

"다시 묻겠습니다. 시란 무엇입니까?"

《프랑스 시의 이해》를 번역하게 된 것은, 매번 학생들과 되풀이되는 이러한 질문과 대답의 과정에 어떤 체계적인 안내서를 마련해 주고 싶어서이다. 이 책에는 시에 대한 다양한 정의들과 시에 관한 문학적-언어학적 이론들, 그리고 시 분석에 대한 기초적인 방법론들이 체계적으로 정리되어 있다. 다행스럽게도 쉬운 문장으로 쓰여 있어 대학생들뿐만 아니라 시와 무관한 일반인 누구나 쉽게 읽을 수 있다. 프랑스 시의 이해? 무엇인가를 '이해'한다는 것은 불확실성을 즐기는 과정이 아닐까!

2000년 4월 김 다 은

현대신서
59

프랑스 시의 이해

초판발행 : 2000년 5월 10일

지은이 : 알랭 바이양
옮긴이 : 김다은·이혜지
펴낸이 : 辛成大
펴낸곳 : 東文選
제10-64호, 78. 12. 16 등록
110-300 서울 종로구 관훈동 74
전화 : 737-2795
팩스 : 723-4518

편집설계 : 韓仁淑

ISBN 89-8038-140-9 04800
ISBN 89-8038-050-X (세트)

【東文選 現代新書】

【롤랑 바르트 전집】
현대의 신화	이화여대기호학연구소 옮김	15,000원
모드의 체계	이화여대기호학연구소 옮김	18,000원
텍스트의 즐거움	김희영 옮김	15,000원
라신에 관하여	남수인 옮김	10,000원

【漢典大系】
說 苑·上	林東錫 譯註	30,000원
說 苑·下	林東錫 譯註	30,000원
晏子春秋	林東錫 譯註	30,000원
西京雜記	林東錫 譯註	20,000원
搜神記·上	林東錫 譯註	30,000원
搜神記·下	林東錫 譯註	30,000원
歷代書論	郭魯鳳 譯註	40,000원

【기 타】
경제적 공포	V. 포레스테 / 김주경	7,000원
古陶文字徵	高 明·葛英會	20,000원
古文字類編	高 明	24,000원
古文字學論集(第一輯)	中國古文字學會 편	12,000원
金文編	容 庚	36,000원
딸에게 들려 주는 작은 지혜	N. 레흐레이트너 / 양영란	6,500원
딸에게 들려 주는 작은 철학	R. 시몬 셰퍼 / 안상원	7,000원
미래를 원한다	J. D. 로스네 / 문 선·김덕희	8,500원
산이 높으면 마땅히 우러러볼 일이다	유 향 / 임동석	5,000원
서기 1000년과 서기 2000년 그 두려움의 흔적들	J. 뒤비 / 양영란	8,000원
세계사상·창간호		10,000원
세계사상·제2호		10,000원
세계사상·제3호		10,000원
세계사상·제4호		14,000원
선종이야기	홍 회 편저	8,000원
십이속상도안집	편집부	8,000원
어린이 수묵화의 첫걸음(전6권)	조 양	42,000원
原本 武藝圖譜通志	正祖 命撰	60,000원
隷字編	洪鈞陶	40,000원

■ 한글 설원(상·중·하)	임동석 옮김	각권 7,000원
■ 한글 안자춘추	임동석 옮김	8,000원
■ 한글 수신기(상·하)	임동석 옮김	각권 8,000원

【조병화 작품집】

■ 공존의 이유	제11시점	5,000원
■ 그리운 사람이 있다는 것은	제45시집	5,000원
■ 길	애송시모음집	10,000원
■ 개구리의 명상	제40시집	3,000원
■ 꿈	고희기념자선시집	10,000원
■ 따뜻한 슬픔	제49시집	5,000원
■ 버리고 싶은 유산	제 1시집	3,000원
■ 사랑의 노숙	애송시집	4,000원
■ 사랑의 여백	애송시화집	5,000원
■ 사랑이 가기 전에	제 5시집	4,000원
■ 시와 그림	애장본시화집	30,000원
■ 아내의 방	제44시집	4,000원
■ 잠 잃은 밤에	제39시집	3,400원
■ 패각의 침실	제 3시집	3,000원
■ 하루만의 위안	제 2시집	3,000원

【이외수 작품집】

■ 겨울나기	창작소설	7,000원
■ 그대에게 던지는 사랑의 그물	에세이	7,000원
■ 꿈꾸는 식물	장편소설	6,000원
■ 내 잠 속에 비 내리는데	에세이	7,000원
■ 들 개	장편소설	7,000원
■ 말더듬이의 겨울수첩	에스프리모음집	7,000원
■ 벽오금학도	장편소설	7,000원
■ 장수하늘소	창작소설	7,000원
■ 칼	장편소설	7,000원
■ 풀꽃 술잔 나비	서정시집	4,000원
■ 황금비늘·1	장편소설	7,000원
■ 황금비늘·2	장편소설	7,000원

東文選 文藝新書 145

모데르니테

모데르니테

앙리 메쇼닉
김다은 옮김

　현대성에 대해 이야기하자마자 판에 박은 수많은 생각들이 차례로 쏟아져 나온다. 우리 동시대인들은 주로 단절, 새로움, 선봉, 그리고 랭보의 '절대적으로 현대적이어야 한다'라는 슬로건을 통해 현대성에 대해 끊임없이 이야기한다. 하지만 사람들이 믿고 있듯이 랭보가 그 표현을 사용한 것은 아니다. 보들레르도 전혀 다른 모습으로 나타난다. 결국 사람들은 모든 것의 끝, 성스러운 것의, 인간의, 세기의, 예술의, 그리고 현대성의 끝을 축적할 뿐이다.

　도식, 그리고 도식들 속에는 질서의 유지만이 중요하다. 예술과 문학과 사회 사이의 관계가 되는 질서가 중요하다. 예상된 의미의 탈진은 여기서 이미 고정된 개념들의 힘을 사용한다. 그들의 미래는 과거에 있다.

　여기서 현대성과 포스트모던에 대한 비평이 나온다. 비평은 리듬에 대한 전체 구상이다. 비평을 위해 현대성은 하나의 전투, 즉 주체의 전투가 된다. 그래서 현대성은 현대적인 것들을 넘어선다. 그것은 의미의 무한과 관련이 있다. 다시 말하면, 현재로 남을 현재인 것이다.

　이 책의 특징은 서구 사회에서 '현대성'에 대해 내놓은 51개의 주의주장들을 박식하게 분석하고 맹렬하게 비판하고 있다는 점에서, 서구에서 이해하고 있는 '현대성'에 대한 다양한 시각들을 한눈에 조망할 수 있다. 무엇보다도 이 책의 유용성은 현대성과 새로움, 현대성과 아방가르드, 역사성과 역사주의, 비평과 논쟁, 개인과 주체, 현대성과 현대주의 등 미지의 사실을 기지의 사실로 환원해 버리는 용어들을 재해석하고 있다는 점이다.

東文選 現代新書 33

연극의 이해
― 극작품, 연출, 연극사

알랭 쿠프리

장혜영 옮김

연극이란 바라보는 관점이다. 세상의 역사와 삶과 인간 안에 존재하는 모든 것들, 이 모든 것들은 예술이라는 요술 막대 아래에서 생각될 수 있는 것이고, 생각되어져야 한다…… 이러한 종류의 한 작품을 위해서 작가가 선택해야 하는 것은 아름다움이 아니고 특징이다.

연극을 공부한다는 것은, 문학작품인 동시에 공연의 재료가 되는 극 텍스트의 기본적인 위상에 대해 알아보는 것이다. 고전 극작품들과 현대 작품들에서 빌려온 여러 예들을 통해, 이 책은 하나의 극작품을 해석하기 위해 접근할 수 있는 방법들을 보여 주고 있다. 즉 언어 사용의 특징, 극작법, 연출 등의 요소들을 살펴보고 있다. 또한 희극·비극·드라마 등을 포함한 여러 다양한 미학적 이론들에 대해 역사적으로 살피고 있다.

본서는 대학 초년생들을 위해 기획된 것으로, 일반적인 지식과 참고할 만한 작품 목록들·방법론들을 간략하게 제시해 주고 있다.

저자 알랭 쿠프리는 현재 파리12대학교수로 연극사를 가르치고 있다.

東文選 現代新書 37

영화와 문학

로버트 리처드슨

이형식 옮김

　우리 시대의 예술을 평가하려면 그 속에 반드시 현대
문학과 영화를 포함시켜야 한다는 사실이 점점 더 분명해
지고 있다. 이 책은 나아가 문학과 영화가 많은 점에서 서
로 닮았기 때문에, 또 이 두 가지 예술적 표현 형태가 현
대의 예술적 반응을 형성하는 데 점점 더 지배적인 역할
을 하기 때문에, 둘 사이에 존재하는 연관성을 집중적으로
연구해 볼 필요가 있다고 주장한다.

　적어도 D. W. 그리피스 시대 이래로 문학이 영화에 상당
한 영향을 끼쳐 온 것은 명백한 사실이며, 동시에 영화가
문학에 중요한 반향을 일으키고, 어떤 면에서는 현대적 글
쓰기에 중요한 영향을 끼쳤다는 사실 또한 마찬가지로 분
명한 일이다. 게다가 영화적 형식과 문학의 형식이 강한
유사성을 지니며, 영화 기법과 문학 기법이 비교될 만하다
는 주장도 나올 수 있다. 문학 비평과 영화 비평이 서로에
게서 많은 것을 얻을 수 있으리라는 것이 또한 나의 주장
이다. 영화적 의식은 문학 독자로 하여금 위대한 글의 특
징이 되는 시각적이고 청각적인 특질에 새롭게 주의를 기
울이도록 하며, 문학적 훈련은 영화 이해에 깊이와 안목을
더해 준다.

東文選 文藝新書 146

눈물의 역사

안 뱅상 뷔포

이자경 옮김

사생활의 형태들에 대한 역사학의 현대적 관심 속에서, 하나의 질문이 제기된다. 그것은 바로 '눈물의 역사가 있다면?'이다. 우리의 가장 은밀한 (또는 겉으로 표현되기도 하는) 태도들 가운데 하나인 이 눈물을 역사의 개념으로 이해하는 것은, 이러한 감동의 형태들을 사용하는 방식이 시대와 사회에 따라 섬세하거나, 혹은 부자연스러운 것이 된다는 사실을 성찰하게 해준다.

어떠한 눈물도 서로 유사하지 않지만, 그러나 이전의 두 세기를 살펴보면 이러한 감동 표현의 중심에 변화가 일어났음을 알게 된다. 문학작품·의학서적·재판기록·연감·일기 등의 자료에 근거하여, 저자는 18세기를 쉽게 눈물을 흘리는 시대로 나타낸다. 눈물을 자아내는 연극으로부터 대혁명 하의 집단적 진정토로에 이르기까지, 눈물은 대중 사이에서 전파되는 것처럼 보인다. 비록 이러한 행동에 대한 해석에서 성별에 따라 몇 가지 차이점이 읽혀지지만, 그럼에도 불구하고 18세기는 손쉬운 눈물을 흘리게 한다. 그리고 그 눈물은 뚜렷이 식별되는 기능들을 가진다. 남몰래 부끄러워하며 홀로 내적 자아의 감미로운 희열 속에서 눈물 흘리기를 좋아하는 낭만주의 시기가 지나고, 19세기는 후반에 들어서면서 다른 양상으로 나아간다. 풍속과 연관된 다른 분야들에서와 마찬가지로 눈물에서도 질서를 부여하려고 노력한다. 불안을 일으키는 것으로 인식된 눈물은 경계의 대상이 되며, 그 담론 한가운데 여성이 위치하게 된다. 따라서 여성이 눈물의 희생자이든 조작자이든간에, 여성이 지닌 감동의 능력은 통제되지 않으면 안 되게 된다.

역사학자로서 특히 근대 프랑스 사회의 풍속사를 연구 대상으로 하고 있는 저자는, 18,9세기에 걸친 눈물의 궤적을 추적, 문학작품·연극·고문서 기록·회상록·일기 등과 같은 광범위한 자료를 섭렵하였다. 결국 이 연구서는 프랑스의 18,9세기에 있어서 '감수성의 사회적 표현에 관한 변천사'라고 할 수 있다.

東文選 現代新書 3

사유의 패배

알랭 핑켈크로트
주태환 옮김

문화 속에서 우리는 거북스러움을 느낀다. 왜냐하면 문화란, 사유(思惟)하면서 살아가는 일이기 때문이다. 그리고 오늘날 사유가 아무런 역할도 하지 못하는 제반행위를 흔히 문화적인 것으로 규정해 버리는 조류가 확인되고 있다. 정신의 위대한 창조에 필수적인 동작들, 이 모두가 이렇게 문화적인 것으로 잘못 여겨지고 있다. 무슨 이유로 소비와 광고, 혹은 역사 속에 뿌리박은 모든 자동성이 가져다 주는 달콤함을 탐닉하기보다는 참된 문화를 선택해야 하는 것일까?

87,88년 프랑스 최고의 베스트셀러로서 프랑스 지성계에 커다란 파문을 일으킨 본서는, 오늘날 프랑스 대중들에게 가장 영향력 있는 철학자 중의 한 사람인 핑켈크로트의 대표작이다. 그는 현재 많은 저작과 방송매체를 통해 사회문제에 관해 적극적인 발언을 펼치고 있다.

그는 오늘날의 거대한 야망이 문화를 손아귀에 움켜쥐고 있다고 결론짓고, 문화라는 거창한 이름 아래 소아병적 증상과 더불어 비관용적 분위기가 확대되어 왔으며, 이제는 기술시대가 낳은 레저산업이 인간 정신이 이루어 놓은 문화적 유산을 싸구려 유희거리로 전락시키고 있으며, 그리하여 정신이 주도하던 인간 삶은 마침내 집단의 배타적 가치에 광분하는 인간과 흐느적거리는 무골인간, 이 둘 사이의 무시무시하고도 우스꽝스런 만남에 자기 자리를 내주고 있다고 통박하고 있다.

그는 본서를 통해 정신적 의미가 구체적 역사 속에서 부상하고 함몰하는 과정을 그려내면서, 우리가 어떻게 해서 여기에까지 도달하게 되었는지를 일관된 논리로 비판하고 있다.

東文選 現代新書 34

라틴 문학의 이해

자크 가야르

김교신 옮김

그 기원에서부터 안토니누스 왕조의 몰락까지, 엔니우스에서 아 풀레이우스까지, 라틴 문학은 힘차게 도약하고 자기를 주장하고 걸 작들을 만들어 낸다. 그처럼 오랜 문학 창작의 세월은 우리에게 시 간의 강을 거슬러 올라갈 것을 요구한다. 그것은 또한 우리가 형 식·장르·기호의 독창성에 관해 자문할 것도 요구한다. 역사에 관 해서도. 지식에 관해서도. 이 텍스트들은 어떤 상황을 필요로 한다. 오늘날 이 텍스트들을 읽을 것인가?

서구 문학(혹은 현대 문학)의 뿌리인 라틴 문학은 17세기 서구인 들에겐 친숙했고, 17세기의 교양 있는 사람들은 모두 그 시대의 언 어와 문학을 용이하게 다루었다. 그러나 오늘날에는 소수의 라틴어 학자를 제외하고는 라틴어로 된 라틴 문학을 읽을 사람은 많지 않 다. 어떤 영화적 사건, 어떤 연극의 재상연 또는 갑작스런 유행은 한번의 관심을 불러일으킬 수 있지만, 대체로 라틴어로 된 위대한 작가들의 위대한 작품들은 여전히 대중들에겐 접근하거나 이해하 기 어려운 영역으로 남아 있다. 오늘날의 현대 문화는 이들을 다시 부활시키지는 못할 것이다. 그러나 문학 창작과 사상사의 형식에 관한 성찰을 포함하는 연구의 틀 안에서 우리는 이 값진 유산에 한 자리를 마련해 주어야 할 것이다.

본서는 일반인 또는 대학초년생들에게 라틴 문학에 대한 독서를 도울 수 있는 정보를 상당히 총괄적으로 제공함으로써 그들의 접 근을 용이하게 해주기 위해 쓰여졌다.

東文選 現代新書 51

나만의 자유를 찾아서

샹탈 토마스
문신원 옮김

사랑의 기술과 내일을 생각지 않고 살아가는 기술을 연구하던 그 긴 세월 동안 내가 할 수 있었던 유일한 것은 여행이었다. 여행할 곳이 너무 광대해서 한평생이라는 시간도 모자랄지 모르는 활동. 권태의 위험도, 적도 전혀 없는 세계! 볼 것이 이렇게 많은데 왜 직업을 얻으려 근심하는가, 왜 자신의 감옥을 짓는가? 미래를 다스리기 위해서 무기를 연마한다는 핑계로 미래를 오히려 저지하는 그 고집을 난 이해하지 못했다. 내가 보기에는 떠나기만 하면 충분한 것 같았다…….

현대인들은 누구나 자신이 자유롭다고 느끼지만, 실은 자유롭지 않다는 사실을 잘 알고 있다. 프랑스에서 상당한 독자층을 확보하고 있는 에세이스트이자 여행가인 저자는, 빡빡한 일정 속에 바쁘게 살아가다가 문득 현기증을 느끼는 독자들을 영원한 해변의 어느 시간 속으로 안내한다. 여행 · 독서 · 사색 · 독신 · 연인 · 권태 · 자살 · 휴식 · 모험 등, 혼자만의 진정한 자유를 위해선 필연적으로 부딪히게 되는 것들에 대한 진지한 이야기들과 함께 우리의 삶을 되돌아보게 한다.

우리가 우리 자신을 재창조할 때만이 사람들이, 풍경들이, 사상들이 우리에게 중요해진다고 설득하는 그녀는 부질없는 욕망들에 마음이 좀먹은 현대인들에게 여백을 살고, 신기루를 기록하고, 자신의 고독을 찬미하는 방법들을 제안하고 있다. 그리하여 대단히 유쾌한 되찾은 시간의 매력과 자신을 위한 시간의 비밀을 만드는, 독서를 통한 그러한 무수한 활동들이 형상화시키는 것을 삶 전체에 확장시켜 볼 것을 제안한다.

군더더기 없는, 백포도주 같은 깔끔한 문체로 오랜만에 국내 고급 독자들에게 프랑스 산문의 진수를 맛보게 한다.

東文選 現代新書 14

사랑의 지혜

알랭 핑켈크로트
권유현 옮김

수많은 말들 중에서 주는 행위와 받는 행위, 자비와 탐욕, 자선과 소유욕을 동시에 의미하는 낱말이 하나 있다. 사랑이라는 말이다. 그러나 누가 아직도 무사무욕을 믿고 있는가? 누가 무상의 행위를 진짜로 존재한다고 생각하는가? '근대'의 동이 터오면서부터 도덕을 논하는 모든 계파들은 어느것을 막론하고 무상은 탐욕에서, 또 숭고한 행위는 획득하고 싶은 욕망에서 유래한다는 설명을 하고 있다.

이 책에서 묘사하는 사랑의 이야기는 타자와 나 사이의 불공평에서 출발한다. 즉 사랑이란 타자가 언제나 나보다 우위에 놓이는 것이며, 끊임없이 나에게서 도망가는 타자로부터 나는 도망가지 못하는 것이다. 그리고 사랑의 지혜란 이 알 수 없고 환원되지 않는 타자의 얼굴에 다가가기 위해 애쓰는 것이다. 저자는 이 책에서 남녀간의 사랑의 감정에서 출발하여 타자의 존재론적인 문제로, 이어서 근대사의 비극으로 그의 철학적 성찰을 이끌어 가기 때문이다. 그러나 우리가 이웃에 대한 사랑을 이상적인 영역으로 내쫓는다고 해서, 현실을 더 잘 생각한다는 법은 없다. 오히려 우리는 타인과의 원초적 관계를 이해하기 위해서, 또 그것에서 출발하여 사랑의 감정뿐 아니라 다른 사람에 대한 미움의 감정까지도 이해하기 위해서, 유행에 뒤진 이 개념, 소유의 이야기와는 또 다른 이야기를 필요로 할 수 있다.

알랭 핑켈크로트는 엠마뉴엘 레비나스의 작품에 영향을 받아서 근대가 겪은 엄청난 집단 체험과 각 개인이 살아가면서 맺는 '타자'와의 관계에 대해서 계속해서 질문을 던진다. 이것은 철학임에 틀림없다. 그렇기는 하지만 구체적인 인물에 의해 이야기로 꾸민 철학이다. 이 책은 인간에 대한 인식의 수단으로 플로베르·제임스, 특히 프루스트를 다루며, 이들의 현존하는 문학작품에 의해 철학을 이야기로 꾸며 나간다.

東文選 現代新書 15

일반미학

로제 카이유와

이경자 옮김

'미'란 인간이 느끼고 내리는 평가라 할지라도, 자연의 구조는 상상 가능한 모든 미의 출발점이며 최종적인 참조 목록이다. 하지만 인간이 바로 자연의 일부분이기 때문에 그 범위가 쉽게 제한되며, 인간이 미에 대해 느끼는 감정은 생명체라는 인간의 조건과 우주의 일부분에 지나지 않는다는 생각을 하게 할 뿐이다. 그 결과 자연이 예술의 모델이 되는 것이 아니라, 오히려 예술은 자연의 특수한 경우에 해당한다. 즉 예술이란 미학이 인간의 의도나 제작행위라는 부차적인 검열과정을 거치게 될 때 생기는 자연의 특수한 경우이다. 아주 단순해 보이는 이 사실은 매우 중요한 의미를 지니고 있다.

시학으로부터 광물학, 미학으로부터 동물학, 신학으로부터 민속학에 이르기까지 폭넓은 주제에 관한 많은 저서를 남긴 로제 카이유와는, 이 책에서 '형태'·'미'·'예술'이라는 광범위한 주제에서부터 한정된 주제로 점점 좁혀가며 미적 탐구를 진행해 나가고 있다. 형성 기원이 무엇이건간에 아름답다고 평가받는 형태들에 대한 연구인 미학의 영역과, 미학의 일부분에 지나지 않는 예술의 영역을 확연하게 구분하고 있는 그는 자연의 제 형태에 관한 연구, 즉 풍경대리석과 마노 또는 귀갑석의 무늬 등에 대한 연구와 현대 예술가들의 다양한 창작 태도에 대한 관점을 간결하고도 명확하게 설명하고 있다.

東文選 現代新書 7

2ㅁ세기 프랑스 철학

에릭 매슈스
김종갑 옮김

현대 프랑스 철학에 대한 애정 깊은, 그럼에도 비판적인 시각이 배어 있는 소개서이다. 프랑스 철학에 접할 기회가 없었던 학부 학생들이나 일반인들은 이 책을 읽고서, 나름의 문제와 씨름하면서 진지하게 해결책을 모색했던 프랑스의 지적 사조의 맥락을 분명하게 잡을 수 있을 것이다. 무엇보다 이 책의 장점은 내용과 문채의 분명성에 있다.

단 한 권의 책에 20세기 프랑스 철학의 역사를 기술하면서도 나름의 철학적 입장을 노련하게 전개했다는 점에서 근래에 보기 드문 업적이라 할 수 있다. 저자인 매슈스가 엄격한 철학자이면서 동시에 박학한 역사학자라는 데는 의문의 여지가 없을 것이다.

이 책에서 매슈스는 20세기의 중요한 철학자들의 업적을 역사적이면서 비판적인 시각에 입각해서 소개했다. 난삽한 전문용어의 사용을 최대한 자제하면서, 매슈스는 데카르트 철학에서 유래한 프랑스 철학이 현대에도 베르그송이나 사르트르·메를로 퐁티·푸코·데리다와 페미니스트의 저술에서 계승, 발전되고 있음을 설득력 있게 보여 주었다. 또한 저자는 철학을 프랑스의 광범한 문화의 연장선에 올려 놓으면서 영미권 철학과의 유사성과 차이에도 주목하고 있다.

東文選 現代新書 24
프랑스 [메디시스賞] 수상작

순진함의 유혹

파스칼 브뤼크네르
김웅권 옮김

아무것도 당신을 슬프게 하지 않을 때 불행을 흉내내는 것이 왜 눈살을 찌푸리게 하는가? 그 이유는, 그럼으로써 진정 아무런 혜택도 받지 못한 자들의 위치를 빼앗는 것이기 때문이다. 그런데 후자의 박복한 사람들이 요구하는 것은 제도의 위반도 특권도 아니다. 그것은 단지 다른 사람들처럼 남자이고 여자일 수 있는 권리이다. 바로 여기에 모든 차이가 있는 것이다. 거짓 절망한 사람들은 자신들이 구별되기를 원하고, 평범한 인간과 혼동되지 않기 위해 특권을 요구한다. 그런데 다른 사람들은 단지 인간이 되기 위해 정의를 요구한다. 이것이 바로 그토록 많은 범죄자들이 전혀 양심에 거리낌 없이 범죄를 저지르기 위해, 그리고 더럽지만 무고한 놈이 되기 위해 사형수의 옷을 걸치는 이유이다.

고통을 많이 받는 사람들이 우리 시대에 정통파적으로 생각하는 새로운 사람들일까? 그렇다면 자유와 변덕을 더 이상 혼동해서는 안 될 때가 아닌가? 두려움과 허약함은 우리가 성숙을 거부하기 위해 지불해야 하는 대가인가? 끝으로 다수의 시민들이, 진정으로 혜택받지 못한 자들의 목소리를 덮어 버릴 위험을 무릅쓰고 희생자의 지위를 갈망한다면, 어떻게 민주주의를 유지할 수 있겠는가?